El arpa de hierba

Truman Capote

El arpa de hierba

Traducción de Joaquín Adsuar

EDITORIAL ANAGRAMA

BARCELONA

Título de la edición original:
The Grass Harp
Random House
Nueva York, 1945

Ilustración: © Federico Yankelevich

Primera edición en «Panorama de narrativas»: junio 1991
Primera edición en «Compactos»: julio 2003
Segunda edición en «Compactos»: febrero 2006
Tercera edición en «Compactos»: julio 2007
Cuarta edición en «Compactos»: diciembre 2011
Quinta edición en «Compactos»: octubre 2015
Sexta edición en «Compactos»: enero 2017
Séptima edición en «Compactos»: julio 2019
Octava edición en «Compactos»: noviembre 2021
Novena edición en «Compactos»: noviembre 2022
Décima edición en «Compactos»: septiembre 2024

Diseño de la colección: Julio Vivas y Estudio A

© EDITORIAL ANAGRAMA, S. A. U., 1991
  Pau Claris, 172
  08037 Barcelona

ISBN: 978-84-339-2819-1
Depósito Legal: B. 10863-2024

Printed in Spain

Liberdúplex, S. L. U., ctra. BV 2249, km 7,4 - Polígono Torrentfondo
08791 Sant Llorenç d'Hortons

A Miss Sook Faulk.
En recuerdo de afectos
profundos y verdaderos.

1

¿Cuándo oí hablar por primera vez del arpa de hierba? Bastante antes del otoño ya vivíamos en el cinamomo, así que debió de ser a principios del otoño. Y, naturalmente, fue Dolly quien me lo dijo. Nadie más pudo tener la ocurrencia de llamar a aquello un arpa de hierba.

Si al salir del pueblo se toma el camino de la iglesia, pronto se deja atrás una deslumbrante colina de lápidas blancas como huesos y oscuras flores resecas: el cementerio baptista. Nuestros parientes, los Talbo y los Fenwick, están enterrados allí; mi madre al lado de mi padre, y las tumbas de nuestros familiares, veinte o más, los rodean como las raíces de un árbol pétreo. A los pies de la colina se extiende una pradera que cambia de color con las estaciones. Vale la pena verla en otoño, a finales de septiembre, cuando se torna roja a la puesta del sol y las sombras de color escarlata, semejantes al resplandor de una hoguera, pasan sobre la hierba, arrastradas por las ráfagas de los vientos otoñales que, al agitar suavemente sus hojas, emiten un leve suspiro que parece música humana: un arpa de voces.

Tras esa pradera empieza la oscuridad del bosque de River. Debió de ser en uno de aquellos días de septiembre, mientras nos hallábamos en el bosque recogiendo raíces, cuando Dolly me dijo:

−¿Lo oyes? Es el arpa de hierba, que siempre nos cuenta algo nuevo... Lo sabe todo de la gente de la colina, de los que vivieron antes aquí. Y cuando nosotros estemos muertos, también contará nuestra historia.

Tras la muerte de mi madre, mi padre, viajante de comercio, me envió a vivir con sus primas, Verena y Dolly Talbo, dos hermanas solteronas. Hasta entonces ni siquiera se me había permitido ir a visitarlas. Por razones que nadie supo nunca con certeza, Verena y mi padre no se dirigían la palabra. Probablemente, mi padre le pidió dinero prestado y ella se lo negó. Es posible, también, que Verena le hiciera un préstamo y él no se lo devolviera. Lo cierto es que se trató de un asunto de dinero, pues ninguna otra cosa les hubiera importado tanto, sobre todo a Verena, que era la persona más rica del pueblo. La droguería, la tienda de comestibles, la mercería, la gasolinera, un edificio de oficinas, todo era suyo, y su riqueza no hacía que fuera una mujer de trato fácil, precisamente.

Bien, el caso es que papá había dicho que jamás

10

pondría los pies en su casa. Contaba cosas terribles de las señoritas Talbo. Uno de los chismes que hizo circular, y que pronto se extendió por todas partes, fue que Verena era morfinómana. En cuanto a Dolly, lo que dijo de ella fue tan ridículo que hasta a mamá le pareció demasiado y le dijo a mi padre que debería avergonzarse de burlarse de aquel modo de dos personas tan amables e inofensivas.

Creo que mis padres estaban muy enamorados. Cada vez que él tenía que irse de viaje para vender sus frigoríficos, ella se echaba a llorar. Cuando se casaron mi madre sólo tenía dieciséis años, y murió antes de cumplir los treinta. La tarde en que murió, mi padre, sin dejar de gritar su nombre, se arrancó la ropa y se puso a correr desnudo por el jardín.

Verena vino a casa al día siguiente del entierro. Recuerdo el terror con que la vi aproximarse, andando por la acera, una mujer bonita, flaca como un palo, con el pelo corto y medio canoso, cejas oscuras casi masculinas y pómulos delicados. Abrió la puerta principal de la casa y entró en ella sin vacilar. Desde el día del funeral, papá se había pasado el tiempo destrozando todo lo que caía en sus manos, pero no con rabia sino más bien con calma, concienzudamente. Entraba en el salón, cogía una figura de porcelana, la observaba unos instantes, pensativo, y después la estrellaba contra la pared. El suelo y las escaleras estaban llenos de trozos de cristal y de cubiertos arrojados al azar, y un camisón de mi madre colgaba desgarrado del pasamanos.

11

Los ojos de Verena recorrieron rápidamente aquel caos.

–Eugene, he venido para hablar contigo –le dijo con su voz cordial, fríamente exaltada.

–Sí, Verena, siéntate. Suponía que vendrías –repuso papá.

Aquella misma tarde, Catherine Creek, la amiga de Dolly, se presentó en casa y recogió mi ropa. Papá me llevó en el coche hasta la casa impresionante y sombría de Talbo Lane. Cuando iba a bajar del coche trató de abrazarme, pero tenía miedo de él y aparté sus brazos. Ahora siento de veras que no nos abrazáramos. Porque sólo unos días después, cuando iba camino de Mobile, su coche derrapó y fue a precipitarse en las aguas del Golfo desde una altura de veinte metros. Cuando volví a verle, le habían puesto dólares de plata en los ojos para que se le cerraran con el peso.

Excepto para comentar que era muy bajito para mi edad, nadie me había prestado hasta entonces la menor atención. Pero ahora todo el mundo me señalaba y comentaba: ¡Qué pena! ¡Pobrecito Collin Fenwick! Yo trataba de parecer apesadumbrado y triste porque sabía que eso los complacía. La gente era amable conmigo, me invitaba a helados o me regalaba cajas de golosinas. Y en la escuela, por primera vez en mi vida, obtuve notas excelentes. Así que pasó bastante tiempo hasta que me calmé lo suficiente para darme cuenta de la existencia de Dolly Talbo.

Y cuando lo hice, me enamoré.

Es fácil imaginar lo que debí de ser para ella al

principio de llegar a su casa: un chiquillo de once años entrometido y ruidoso. Se ponía nerviosa al oír el sonido de mis pasos, y cuando no lograba evitarme parecía replegarse en sí misma rápidamente, como los pétalos de un tímido helecho. Era una de esas personas capaces de disfrazarse de objeto en una habitación, o de sombra en un rincón, y cuya presencia es un delicado acontecimiento. Llevaba siempre zapatos silenciosos y vestidos sencillos y virginales que le llegaban hasta los tobillos. Pese a ser mayor que su hermana, parecía alguien que, como yo, hubiera sido adoptado por Verena. Impulsados y guiados por la gravedad del planeta Verena, girábamos los dos, en órbitas separadas, por el espacio exterior de la casa.

En la buhardilla, un desordenado museo poblado fantasmagóricamente por los viejos maniquíes de la mercería de Verena, había muchas tablas sueltas en el suelo y, separándolas un poco, yo podía mirar en el interior de casi todas las habitaciones de la casa. El cuarto de Dolly, al contrario que el resto de la casa, lleno hasta rebosar de muebles pesados y severos, sólo contenía una cama, un escritorio y una silla. Podría haber servido de celda a una monja, excepto por un detalle: todo en él, incluso las paredes y el suelo, estaba pintado de un llamativo color rosa. Siempre que me ponía a espiar a Dolly, estaba haciendo una de estas dos cosas: de pie, frente al espejo, con unas tijeras de jardinería en la mano, cortaba mechones de su pelo, rubio y canoso, que por cierto llevaba ya bastante corto; y cuando no hacía esto, escribía a lápiz en un bloc de cartas de papel grueso. Humedecía continuamente el lapicero con la punta de su lengua y, de vez en cuando, pronunciaba en voz alta una frase antes de escribirla: *Las golosinas ni siquiera debe tocarlas, puede estar segura de que los caramelos o la sal acabarán, ciertamente, por causar su muerte.* Ahora puedo decir que lo que escribía eran cartas, pero al principio aquella correspondencia me intrigaba. Al fin y al cabo, su única amiga era Catherine Creek; no recibía visitas y no salía jamás de su casa, excepto un día a la semana en que se iba con Catherine al bosque de River para recoger los ingredientes de un remedio contra la hidropesía que Dolly preparaba y embotellaba. Después supe que Dolly tenía muchos clientes para ese remedio en todo el estado y que a ellos, precisamente, escribía las cartas.

La habitación de Verena, que comunicaba con la de Dolly por un corredor interior, estaba amueblada como si se tratase de una oficina. Había un escritorio de tapa de persiana, una librería llena de libros de contabilidad y archivadores. Después de cenar, con una visera verde sobre los ojos, Verena se sentaba frente al escritorio y sumaba cifras y pasaba una tras otra las páginas de sus libros de contabilidad; a veces seguía incluso después de que se hubieran apagado las farolas de la calle. Aunque mantenía ciertas relaciones en términos diplomáticos y políticos con bastantes personas, la verdad era que Verena no tenía auténticos amigos. Los hombres la temían y ella parecía temer a las mujeres. Algunos años antes mantuvo relaciones bastante estrechas con una joven rubia y alegre llamada Maudie Laura Murphy, que durante cierto tiempo trabajó en la oficina de correos y acabó casándose con un viajante de licores de San Luis. La boda pareció sentarle bastante mal a Verena, que no tuvo pelos en la lengua y llegó a decir públicamente que aquel hombre era una nulidad. Por eso sorprendió a todos que, como regalo de boda, le pagara a la pareja su viaje de luna de miel al Gran Cañón. Maudie y su marido no regresaron. Abrieron una estación de servicio en las proximidades del Gran Cañón y, de vez en cuando, enviaban a Verena algunas instantáneas suyas. Estas fotos eran para Verena, al mismo tiempo, un placer y una pena. Había noches en que Verena no abría los libros de contabilidad pero igualmente se sentaba frente al escritorio, con la cabeza apoyada en las manos, y contemplaba la serie de fotos que había extendido sobre la mesa. Después de recogerlas, se ponía a pasear de un lado a otro por su habitación, con las luces apagadas, y a veces dejaba escapar un sonido, una especie de grito de dolor repentino y contenido, como si hubiera tropezado y caído en la oscuridad.

La parte de la buhardilla desde cuyo suelo hubiese podido ver la cocina, estaba protegida contra mi curiosidad, pues se encontraba llena de pesados baúles, grandes como balas de algodón. Y en aquellos días la cocina era, precisamente, el lugar que más me hubiera gustado espiar: era, en la práctica, la sala de estar de la casa, y allí Dolly se pasaba la mayor parte del tiempo charlando con su amiga Catherine. Huérfana desde niña, Catherine fue contratada por Uriah Talbo y las tres, ella, Dolly y Verena, habían crecido juntas. Catherine llamaba a Dolly Corazoncito, pero Verena era simplemente Esa para ella. Catherine vivía en el jardín trasero de la casa, en una pequeña casita de tejado de cinc que relucía como si fuera de plata, situada entre girasoles y rodeada de espalderas con espesas matas de habichuelas. Proclamaba que era india, lo que hacía que la gente se sonriera burlona, pues era tan negra como los ángeles de Africa. Por lo que yo sé, su afirmación podía ser cierta, y la verdad era que vestía siempre como si fuera india. Llevaba al cuello un collar de cuentas de color turquesa y en sus mejillas, que brillaban como las luces traseras de un automóvil, había colorete más que suficiente para hacerte entornar los ojos. Le faltaba la mayor parte de los dientes y se rellenaba los carrillos con algodón en rama. Verena solía decirle: «Maldita sea, Catherine, si no eres capaz de pronunciar un sonido comprensible, ¿por qué diantre no bajas a ver al doctor Crocker para que te ponga algunos dientes en la boca?»

La verdad es que costaba mucho trabajo comprender lo que decía Catherine, y sólo Dolly estaba en condiciones de entender y traducir las palabras oscuras y entrecortadas de su amiga. A Catherine le bastaba con que Dolly la entendiera: siempre estaban juntas y todo lo que tenían que decir se lo decían entre ellas. Pegando la oreja a una grieta del suelo de la buhardilla podía escuchar el exasperante murmullo de sus voces como un espeso jarabe que se filtrara a través de la vieja madera.

Para alcanzar la buhardilla había que utilizar una escalera de mano en el cuartito de la ropa, en el techo del cual había una trampilla. Un día, cuando iba a subir, vi que la trampilla estaba abierta, me puse a escuchar y oí ese curioso rumor que suelen hacer las niñas cuando juegan solas. Iba a dar media vuelta cuando el murmullo cesó y una voz dijo:

−¿Catherine?

−Soy Collin −respondí, y aparecí ante ella.

El copo de nieve que era el rostro de Dolly mantuvo su forma; por una vez no se disolvió.

−Vaya, conque es aquí donde te metes... Estábamos intrigadas.

Su voz era frágil y arrugada como un tejido de papel. Tenía los ojos de una persona bien dotada, amables y transparentes, luminosos y verdes como jalea de menta. Al mirarme en la semipenumbra de la buhardilla parecía admitir que no temía daño alguno de mi parte.

−¿Vienes a jugar aquí, a la buhardilla? Ya le había dicho a Verena que te sentirías solo. −Se detuvo un momento y siguió hurgando en las profundidades de un barril−. Acércate −continuó−, puedes ayudarme buscando en este otro barril. Trato de encontrar un castillo de coral y una bolsa con cuentas de colores. Creo que esto le gustará a Catherine, una pecera..., ¿no te parece? Para su cumpleaños. Teníamos una pecera con peces tropicales... Unos diablos, eso es lo que son. Se comen los unos a los otros. Recuerdo perfectamente el día que los compramos, fuimos todos hasta Brewton... Cien kilómetros, nada menos. Nunca me había alejado tanto de aquí. Y no creo que vuelva a hacerlo. ¡Ah, aquí está el castillo!

Poco después encontré las cuentas, que eran como granos de maíz o pequeños caramelos de colorines, y le dije:

—Toma un caramelo.

Le ofrecí la bolsa.

—¡Muchas gracias! Me gustan los caramelos aun cuando sepan a piedra.

Nos hicimos amigos Dolly, Catherine y yo. Tenía once años y de repente tuve dieciséis. Aunque no conseguí notas demasiado brillantes, fueron unos años muy agradables.

Nunca invité a nadie a casa ni tuve ganas de hacerlo. Una vez acompañé a una chica al cine, y cuando volvíamos me preguntó si podía entrar un momento en casa para tomar un vaso de agua. Si hubiera pensado que era cierto que tenía sed, le hubiera dicho que sí, pero sabía que estaba fingiendo y que lo único que deseaba era entrar, como todos, de modo que le dije que era mejor que esperara hasta llegar a su casa. Ella me dijo:

—Todo el mundo sabe que Dolly Talbo está chiflada, y tú también lo estás.

La chica me caía bien, desde luego, pero eso no

evitó que le diera un buen empujón; ella me dijo que su hermano me ajustaría las cuentas, y vaya si lo hizo: aquí exactamente, en la comisura de la boca, tengo todavía una cicatriz en el lugar donde me golpeó con una botella de refresco.

Yo ya sabía lo que se decía por ahí: que Dolly era la cruz de Verena y que en la casa de Talbo Lane ocurrían cosas que nadie podía imaginar. Es posible. Pero fueron unos años muy agradables y felices.

En las tardes de invierno, tan pronto como regresaba de la escuela, Catherine abría presurosa un tarro de conserva, mientras Dolly colocaba en el hogar una enorme cafetera y metía una fuente de bizcochos en el horno, y éste, al abrirlo, dejaba escapar la fragancia de la vainilla caliente. Y es que Dolly, que se alimentaba casi exclusivamente de dulces, siempre estaba haciendo pasteles, bizcochos o cualquier clase de repostería. Dolly jamás tomaba verdura, y la única carne que le gustaba eran los sesos de pollo, del tamaño de un guisante y que desaparecen antes de haberles tomado el gusto. Gracias al horno y al hogar de leña, la cocina estaba caliente como una estufa. Lo más que conseguía el invierno era helar por fuera los cristales de las ventanas con su azulado hálito glacial. Si algún mago me ofreciera hacer realidad un deseo, le pediría una botella llena de las voces que resonaban en aquella cocina, de los murmullos y el crepitar del fuego, una botella llena a rebosar del olor dulce y mantecoso de la pastelería... Aun cuando, todo hay que decirlo, Catherine olía como una cerda en primavera. Más que una cocina, parecía una acogedora sala de estar, con un felpudo de punto en el suelo y mecedoras, fotografías de gatitos, una de las manías de Dolly, en las paredes, una maceta de geranios que florecían una y otra vez a lo largo del año, y los peces de colores de Catherine en su redonda pecera, sobre la mesa cubierta con un mantel de hule, asomando sus colas como estandartes por las puertas del castillo de coral. A veces jugábamos a completar rompecabezas, dividiéndolos en secciones, y Catherine escondía algunas piezas si se daba cuenta de que íbamos a terminar antes que ella. O me ayudaban en mis deberes escolares, lo que siempre acababa en el mayor desorden.

Las cosas de la naturaleza no tenían secretos para Dolly. Poseía la misteriosa inteligencia de una abeja que sabe siempre dónde encontrar las flores más dulces; era capaz de avisar de la llegada de una tempestad con un día de antelación, predecir la cosecha de la higuera, dar con setas y colmenas silvestres o hallar un nido escondido con huevos de pintada. Miraba a su alrededor y sentía lo que no veía. Pero en lo que se refería a mis deberes escolares, era tan ignorante como Catherine.

–América ya tenía que llamarse América antes de la llegada de Colón. Es lógico. Si no, ¿cómo supo que era América?

Y Catherine asentía:

–Claro. América es una vieja palabra india.

De las dos, Catherine era la peor: insistía en su infalibilidad y si yo no escribía exactamente lo que ella me explicaba, se agitaba y derramaba el café o lo que fuera. Pero no volví a hacer caso de lo que me decía después de su afirmación de que Lincoln era medio negro y medio indio y sólo tenía una pequeña porción de sangre blanca. Hasta yo sabía que eso no era cierto. Pero estoy muy agradecido a Catherine, pues de no haber sido por ella, que lo sabía todo mejor que nadie, ¿hubiera crecido hasta alcanzar las medidas normales de un ser humano corriente? A los catorce años yo no era mucho más alto que Biddy Skinner, y la gente siempre estaba comentando las ofertas que recibía para exhibirse en un circo. Catherine me dijo: «No te preocupes, cariño, lo único que necesitas es que te estiren un poco.» Y tiraba de mis brazos, de mis piernas, e incluso de mi cabeza, como si fuera una manzana sujeta firmemente a la rama. Lo cierto es que al cabo de dos años de estirones me hizo pasar de un metro cuarenta y cinco centímetros a un metro setenta, y esto lo puedo probar gracias a las marcas que con el cuchillo de cortar el pan hacíamos en la puerta de la despensa, pues incluso ahora que ya han pasado y desaparecido tantas cosas, cuando sólo queda el viento en la chimenea y el invierno invade la cocina, esas cicatrices, cada vez más separadas del suelo, están allí como un testimonio.

Pese al efecto, generalmente benéfico, del remedio de Dolly en aquellos que escribían pidiéndolo, de vez en cuando llegaban cartas que decían: «Estimada señorita Talbo, no necesitaremos de ahora en adelante más medicina contra la hidropesía, porque la pobre prima Belle (o quienquiera que fuese) pasó a mejor vida la semana pasada. Que su alma descanse en paz.» En tales ocasiones la cocina se convertía en un velatorio; con las manos juntas y las cabezas bajas, mis dos amigas recordaban sombrías las circunstancias del caso hasta que Catherine acababa diciendo: «Bien, hicimos todo lo que pudimos, Corazoncito, pero el buen Dios tenía otros planes.» También Verena podía entristecer la cocina, pues siempre estaba tratando de introducir alguna norma nueva o forzarnos a cumplir una antigua: haz eso, no lo hagas, detente, empieza; era como si nosotros fuéramos relojes a los que había que vigilar para comprobar si nuestra hora coincidía con la suya; ¡pobres de nosotros si íbamos diez minutos adelantados o con una hora de retraso! Verena se disparaba como un cuco. «¡Esa!», decía Catherine; y Dolly le respondía «¡Cállate, cállate!», como si quisiera tranquilizar no a Catherine sino a un propio murmullo interno de rebeldía. Creo que en el fondo de su corazón Verena deseaba venirse a la cocina y ser parte de ella, pero se sentía igual que un hombre solo en una casa llena de mujeres y niños, y el único modo como podía establecer contacto con nosotros era mediante explosiones de energía con que manifestar su autoridad: «Dolly, líbrate de ese gatito, ¿es que quieres empeorar mi asma?» «¿Quién ha dejado abierto el grifo en el cuarto de baño?» «¿Quién de vosotros ha roto mi paraguas?» Su mal humor se expandía por toda la casa como una niebla amarilla y agria. «¡Esa!» «¡Cállate, cállate!»

22

Una vez por semana, casi siempre en sábado, íbamos al bosque de River. Para la excursión, que duraba todo el día, Catherine freía un pollo y hervía una docena de huevos, y Dolly se llevaba una tarta de chocolate y una buena cantidad de otros dulces. Pertrechados con todo eso y con tres sacos vacíos, marchábamos por el camino de la iglesia, dejábamos atrás el cementerio y atravesábamos la pradera. Justo a la entrada del bosque había un cinamomo de tronco doble; en realidad se trataba de dos árboles, pero sus ramas estaban tan estrechamente unidas entre sí que podía pasarse de un árbol al otro. Además estaban enlazados por una cabaña construida en sus ramas, una casa arbórea, espaciosa, firme, un magnífico ejemplar de cabaña que era como una balsa flotando sobre un mar de hojas. Los chicos que la construyeron, suponiendo que todavía estuvieran vivos, tenían que ser muy viejos. La cabaña debía de tener entre quince y veinte años la primera vez que Dolly la vio, y eso fue un cuarto de siglo antes de que me la enseñara. Llegar a ella resultaba más sencillo que subir unas escaleras, pues en la arrugada corteza había suficientes puntos donde apoyar los pies y una fuerte enredadera a la que sujetarse; incluso Catherine, que era bastante gruesa de caderas y se quejaba de reumatismo, no tenía problemas para subir. A Catherine la casa del árbol no le gustaba. No sabía lo que Dolly me confió: que se trataba de un barco y que sentarse en ella era hacerse a la vela a lo largo de la costa brumosa de todos los sueños.

—Fijaos en lo que os digo —dijo Catherine—, las

tablas son demasiado viejas, los clavos están resbaladizos como gusanos, se va a partir por la mitad y os romperéis la cabeza, si lo sabré yo.

Almacenábamos nuestras provisiones en la casa del árbol y nos adentrábamos en el bosque por separado, llevando cada uno de nosotros un saco de grano vacío que había que llenar con hierbas, hojas y extrañas raíces. Nadie, ni tan siquiera Catherine, sabía todo lo que se mezclaba en la medicina, puesto que se trataba de un secreto que Dolly guardaba para ella sola y nunca nos permitía que miráramos lo que había recogido en su saco: lo mantenía firmemente sujeto, pegado a su cuerpo como si en él hubiera capturado a un niño de cabellos azules, a un príncipe encantado. Esta era su historia:

«Hace mucho tiempo, cuando todavía éramos niñas (Verena aún tenía sus dientes de leche y Catherine no era más alta que el palo de una cerca), los gitanos abundaban como las moscas en un tarro de miel, no como ahora que sólo se ve pasar a algunos una o dos veces al año. Llegaban con la primavera, de repente, como florece el cornejo en los campos, e iban de un lado para otro, por los caminos y el bosque. Pero nuestros hombres odiaban su presencia y papá, es decir, tu tío Uriah, afirmaba que le pegaría un tiro a cualquiera de ellos que sorprendiera en nuestras tierras. Así que, cuando veía a los gitanos sacar agua del riachuelo o recoger las nueces de pacana que se habían caído al suelo, nunca se lo decía. Una tarde, era abril y estaba lloviendo, entré en el establo donde Fairybell había tenido un ternero y me encontré a tres gitanas, dos de ellas viejas y la otra joven, que estaba tumbada, desnuda, y se retorcía sobre un montón de hojas de maíz. Cuando vieron que no tenía miedo, que no iba a salir corriendo para dar la alarma, una de las viejas me preguntó si podía llevarles una luz. Me fui a casa a buscar una vela y cuando regresé al establo la mujer que me mandó a buscarla tenía cogido de los pies y cabeza abajo a un bebé llorón y enrojecido mientras la otra ordeñaba a Fairybell. Las ayudé a lavar al pequeño con la leche caliente de la vaca y envolvimos a la criaturita en una bufanda. Entonces una de las dos ancianas tomó mi mano y me dijo: "Quiero hacerte un don que va contenido en una rima." Era una rima que hablaba de corteza de encina, helechos y todas esas cosas que ahora vamos a buscar al bosque. *Hiérvelo hasta que se haga oscuro durante todo el día, si quieres un remedio contra la hidropesía.* Por la mañana se habían marchado ya del establo. Las busqué por los campos y la carretera, pero no había ni rastro de ellas. Salvo la rima, que aún estaba en mi cabeza.»

Llamándonos unos a otros, silbándonos como búhos extraviados en la luz del día, trabajábamos toda la mañana en distintos lugares del bosque. Poco después del mediodía, con nuestros sacos ya llenos a rebosar de cortezas, tallos y raíces retorcidas, trepábamos por la verde tela de araña del árbol y extendíamos nuestra comida. Llevábamos agua fresca del arroyo en una jarra de barro o, si hacía frío, un termo lleno de café caliente y usábamos las hojas para limpiarnos las manos de la grasa del pollo o de la pegajosa crema del pastel de chocolate. Después nos decíamos la buenaventura con flores o hablábamos perezosamente de cualquier cosa y era como si flotáramos sobre la tarde en la balsa del árbol. Nos sentíamos parte de aquel lugar, tanto como los chotacabras que vivían allí o como las hojas plateadas por el sol.

Aproximadamente una vez al año suelo ir a la casa de Talbo Lane y paseo por el jardín. Estuve allí el otro día y me tropecé con un viejo balde de hierro, caído boca abajo entre la hierba como si fuera un meteoro negro: Dolly... Dolly inclinada sobre el balde con nuestros sacos en la mano y vertiendo su contenido en el agua hirviendo y agitando y agitando, con una escoba reservada para esos menesteres, aquella mezcla de color marrón que parecía tabaco de mascar. Ella sola combinaba los ingredientes de la mezcla curativa, mientras Catherine y yo la contemplábamos como si fuéramos aprendices de brujo. Más tarde todos ayudábamos en el embotellado, y como aquello producía un vapor que hacía saltar los tapones de corcho ordinarios, mi trabajo consistía en hacer tapones enrollando trozos de papel higiénico. El promedio de ventas era de seis botellas a la semana a dos dólares cada una, lo que hacía doce dólares. El dinero, decía Dolly, nos pertenecía a los tres, y la verdad era que nos lo gastábamos tan pronto como lo recibíamos. No nos cansábamos de hacer pedidos de cosas que veíamos anunciadas en las revistas: «Dedíquese a la xilografía.» «El parchís: un pasatiempo para jóvenes y viejos.» «Todo el mundo puede tocar la chicharra.» En una ocasión encargamos un libro de francés. Fui yo quien tuvo la idea de que si aprendíamos francés conoceríamos un idioma secreto en el cual ni Verena ni nadie nos entendería. Dolly se mostró dispuesta a probar, pero «Passez-moi una cuchara» fue lo máximo que logró aprender, y después de saber decir: «Je suis fatigué», Catherine no volvió a abrir el libro ni una sola vez. Nos dijo que aquella frase era todo lo que necesitaba saber.

Verena comentaba con frecuencia que podríamos tener un disgusto si alguien se envenenaba, aunque por lo demás no mostraba demasiado interés por la cura contra la hidropesía. Pero un año hicimos nuestras cuentas y nos encontramos con que habíamos ganado lo suficiente como para tener que pagar impuestos. Entonces Verena empezó a hacernos preguntas. El dinero era para ella un gato montés; seguía su pista con el afán de un sabueso y vigilaba con cien ojos todas sus huellas. Quiso saber qué era lo que poníamos en el medicamento y Dolly, presuntuosa, casi riéndose entre dientes, le decía: «Bien, esto y aquello, nada especial.»

Verena pareció olvidar el asunto, pero con frecuencia, cuando estábamos sentados para cenar, sus ojos se detenían inquisitivos en Dolly, y en una ocasión, cuando nos reunimos en el jardín en torno al balde en que se cocía la mezcla, levanté los ojos y

27

pude ver a Verena, que nos observaba fijamente desde una ventana; supongo que para aquel entonces ya había esbozado su plan, pero no hizo el primer movimiento hasta que llegó el verano siguiente.

Dos veces al año, en enero y agosto, Verena iba de compras a San Luis o Chicago. Aquel verano, el verano en que cumplí los dieciséis años, se marchó a Chicago, de donde regresó al cabo de dos semanas acompañada de un hombre llamado doctor Morris Ritz. Naturalmente, todos nos sentimos intrigados y nos preguntamos quién podría ser el doctor Morris Ritz. Llevaba corbata de lazo y trajes llamativos, sus labios eran azulados y sus ojos, pequeños y de expresión vulgar, no dejaban de moverse. En conjunto tenía el aspecto de un ratón desagradable y vulgar. Oímos decir que vivía en la mejor habitación del Hotel Lola y comía opíparamente en el Café de Phil. Cuando andaba por la calle se pavoneaba con engreimiento y saludaba, inclinando su brillante calva, a todos los que se cruzaban en su camino. No hizo amigos y no se le veía en compañía de nadie, a excepción de Verena, que nunca le llevó a casa y no mencionó su nombre hasta que un día Catherine tuvo el valor de decir:

—Señorita Verena, ¿quién es ese ridículo y pequeñajo doctor Morris Ritz?

Y Verena, palideciendo en torno a los labios, replicó:

—Bien, a mí no me parece tan ridículo como muchas otras personas que podría mencionar sin ir muy lejos.

28

La gente, escandalizada, comentaba la forma en que Verena se comportaba con aquel mezquino judío de Chicago: ¡veinte años más joven que ella! Lo que se contaba era que estaban haciendo algo en la vieja fábrica de conservas que se hallaba al otro extremo del pueblo; después quedó en claro que así era, pero no lo que la gente pensaba. Más de una tarde pudo verse a Verena y al doctor Morris Ritz encaminándose a la fábrica de conservas, un ruinoso edificio de ladrillos con las ventanas rotas y las puertas medio caídas. Hacía una generación que nadie se acercaba por allí, excepto algunos adolescentes que se escondían para fumar cigarrillos y desnudarse juntos. A primeros de septiembre, por un anuncio en el periódico, el *Courier*, nos enteramos de que Verena había comprado la fábrica; pero no se decía nada del destino que pensaba darle. Poco después de eso Verena le dijo a Catherine que matara dos pollos, pues el doctor Morris Ritz iba a comer en casa el domingo.

En los años que yo llevaba viviendo allí, el doctor Morris Ritz era la primera persona invitada a comer en la casa de Talbo Lane. Había muchas razones, pues, para considerar el hecho como un auténtico acontecimiento. Catherine y Dolly hicieron limpieza general: sacudieron las alfombras, bajaron la vajilla de porcelana de la buhardilla y todas las habitaciones olían a cera y al limón del pulimento para limpiar los muebles. Íbamos a comer pollo frito y jamón, guisantes, batatas, bollos, un budín de plátano y dos clases distintas de pasteles, y helado de tutifruti que encargamos en la tienda. El domingo a mediodía Verena bajó a echar un vistazo a la mesa, que con su centro lleno de rosas color melocotón y una exhibición de cubertería de plata daba la sensación de estar puesta para veinte personas. Realmente, se habían colocado sólo dos sillas. Verena, sin embargo, hizo poner dos más, y Dolly, al verlo, dijo débilmente: «Bien, si Collin quiere comer con vosotros en la mesa...», pero ella pensaba quedarse en la cocina con Catherine. Verena objetó abiertamente:

–No juegues conmigo, Dolly. Esto es importante. Morris viene expresamente para verte. Y algo más, te agradecería que mantuvieras la cabeza erguida; me da mareos ver que te cuelga así.

Dolly tuvo un susto de muerte. Se escondió en su habitación y bastante después de la llegada del invitado me mandaron a buscarla. Estaba tumbada en su cama de color rosa con una toalla mojada sobre la frente y Catherine se sentaba a su lado, pulcra y pulida, con sus mejillas rojas como tomates y las mandíbulas rellenas con más algodón que nunca. Le advirtió:

–Corazoncito, creo que no debes tumbarte así... Vas a arrugar este precioso vestido.

Era un traje de percal que Verena trajo de Chicago. Dolly se sentó, se alisó el vestido inmediatamente y se dejó caer de nuevo en la cama.

–Si Verena supiese lo triste que estoy... –dijo con desasosiego, así que me marché para decirle a Verena que Dolly estaba enferma.

Verena dijo que iba a ver lo que pasaba y se

marchó dejándome solo en el recibidor con el doctor Morriz Ritz.

¡Oh, el tipo era odioso!

—Vaya, así que tienes dieciséis años —me dijo guiñando primero uno y después el otro de sus ojos pícaros—. Y zascandileando de un lado a otro por ahí, ¿eh? Dile a la vieja que te lleve con ella la próxima vez que vaya a Chicago. Allí hay muchas cosas que ver.

Chasqueó los dedos y dio unos pasos de baile, haciendo taconear sus finos zapatos como si llevara el compás de una música inaudible. Podía haber sido un bailarín de claqué o un camarero de cafetería, de no ser por la cartera de mano, que sugería una ocupación más seria. Me pregunté qué clase de doctor era. Estaba a punto de preguntárselo cuando Verena regresó trayendo a Dolly del brazo, casi a rastras.

No pudo fundirse con las sombras del recibidor ni con el mobiliario tapizado; antes de alzar los ojos levantó la mano, y el doctor Ritz se la estrechó con tanta violencia y la sacudió con tanta fuerza que estuvo a punto de hacerle perder el equilibrio.

—¡Hola, señorita Talbo! Es un honor conocerla —dijo mientras se arreglaba la corbata de pajarita.

Nos sentamos a comer y Catherine entró con los pollos. Sirvió a Verena, después a Dolly y cuando le tocó el turno al invitado, éste le dijo:

—La verdad es que el único trozo de pollo que me gusta son los sesos. Supongo que no los habrá dejado en la cocina, ¿eh, mamá?

Catherine bajó los ojos como si se mirara la punta de la nariz, hasta tal punto que bizqueó. Y con su lengua envuelta en trozos de algodón le respondió:

–Todos los sesos están en el plato de Dolly.

–¡Jesús, estos acentos del Sur! –comentó realmente impresionado.

–Le ha dicho que tengo los sesos en mi plato –le aclaró Dolly con las mejillas tan rojas como el colorete de Catherine–. Pero permítame que se los pase.

–Si de veras no le importa...

–No, no le importa en absoluto –intervino Verena–. Sólo come dulces, nada más. Dolly, sírvete un poco más de budín de plátano.

De pronto, el doctor Ritz empezó a estornudar.

–Las flores... esas rosas... Me dan alergia.

–¡Oh, Dios mío! –exclamó Dolly, que vio una oportunidad para escapar a la cocina; cogió el centro de mesa con las rosas, pero se le resbaló, el cristal se rompió, las rosas fueron a caer en la salsera y la espesa salsa nos salpicó a todos.

–Ya ven que no hay nada que hacer –dijo como hablando consigo misma, mientras los ojos se le llenaban de lágrimas–. Es desesperante.

–No hay que desesperar por nada, Dolly, siéntate y acábate el budín –le aconsejó Verena con voz aguda y firme–. Además tenemos una pequeña y agradable sorpresa para ti. Morris, enséñale a Dolly esas etiquetas tan bonitas.

Murmurando «¡No tiene importancia!», el doctor Ritz dejó de frotarse las manchas de grasa que habían caído en su manga y se dirigió al recibidor, de donde regresó poco después con su cartera de mano. Sus dedos buscaron entre un montón de papeles y después sacó a la luz un grueso sobre que le pasó a Dolly.

En el sobre había unas etiquetas engomadas, de forma triangular, con letras de color naranja: «Remedio de la Reina Gitana contra la Hidropesía», más un borroso dibujo de una mujer con un pañuelo en la cabeza y grandes zarcillos de oro.

—De primera categoría, ¿eh? —dijo el doctor Ritz—. Impresas en Chicago. Un amigo mío ha hecho el dibujo: un pintor de verdad.

Dolly barajó las etiquetas con expresión aprensiva y de sorpresa, hasta que Verena le preguntó:

—¿No te gustan?

Las etiquetas temblaron en las manos de Dolly.

—No acabo de entenderlo.

—Claro que lo entiendes —dijo Verena sonriendo débilmente—. Resulta obvio. Le conté a Morris tu vieja historia y piensa que se trata de un nombre estupendo.

—«Remedio de la Reina Gitana contra la Hidropesía», muy atrayente —intervino el doctor—. Queda muy bien en los anuncios.

—¿*Mi* medicina? —exclamó Dolly con los ojos todavía bajos—. No necesito etiquetas de ninguna clase, Verena. Yo misma escribo las mías.

El doctor Ritz chasqueó los dedos.

—Eso está muy bien. Podemos hacer imprimir las etiquetas como si estuvieran escritas de su propio puño y letra. Muy personal, ¿eh?

—Hemos gastado ya muchísimo dinero —le dijo Verena con brusquedad; entonces se volvió a Dolly y añadió—: Morris y yo iremos a Washington esta semana para registrar la propiedad de las etiquetas y la patente de la medicina, declarándote a ti como la inventora, desde luego. Bien, la cuestión es que debes escribirnos la fórmula completa para poder patentarla.

El rostro de Dolly se difuminó hasta perder toda expresión y las etiquetas se desparramaron por el suelo. Apoyando las manos sobre la mesa se alzó lentamente de su silla; poco a poco sus facciones volvieron a reaparecer en su cara y formaron su expresión de siempre. Levantó la cabeza, miró furtivamente al doctor y después a Verena.

—No voy a hacerlo —dijo con calma. Se dirigió a la puerta y puso la mano sobre el picaporte—. No, no voy a hacerlo, porque no tienes ningún derecho, Verena. Ni usted tampoco, señor.

Ayudé a Catherine a quitar la mesa: las rosas empapadas de salsa, los pasteles sin cortar y las verduras que nadie había tocado. Verena y su invitado salieron juntos de la casa. Desde la ventana de la cocina los observamos cuando, a pie, emprendieron el camino hacia el pueblo, moviendo de un lado a otro sus cabezas. Después cortamos unos trozos del pastel y se los llevamos a Dolly, que estaba en su habitación.

—¡Cállate, cállate! —dijo Dolly cuando Catherine

comenzó con su «¡Esa!». Pero fue como si su rebelde murmullo interior se hubiera convertido en una voz ronca, un oponente al que tuviera que silenciar–. ¡Cállate, cállate!

Al fin Catherine tuvo que pasar sus brazos en torno al talle de Dolly y repetir con ella «¡Cállate, cállate!».

Fuimos a buscar un mazo de cartas de tarot y las extendimos sobre la cama. Naturalmente, Catherine tuvo que aguarnos la fiesta al recordarnos que era domingo. Nos dijo que quizá nosotros dos, Dolly y yo, podríamos permitirnos otra marca negra en el Libro del Juicio, pero que ella ya tenía bastantes detrás de su nombre. Tras pensarlo un poco, decidimos cambiar de juego y decirnos la buenaventura. A eso del anochecer Verena regresó a casa. Oímos sus pasos en el recibidor y abrió la puerta del cuarto de su hermana sin llamar; Dolly, que estaba adivinando mi futuro, apretó sus dedos sobre mi mano. Verena se volvió hacia nosotros y nos dijo:

–Collin, Catherine, haced el favor de dejarnos solas.

Catherine quiso seguirme cuando trepé por la escalera para subir a la buhardilla, pero no lo hizo porque llevaba puestas sus mejores ropas. Subí solo. Había una buena grieta justo encima de la habitación rosa. Verena estaba directamente debajo y lo único que podía ver era su sombrero, que conservaba puesto, el mismo que se colocó al salir de casa. Era una pamela de paja decorada con un ramo de frutas de celuloide.

—Estos son los hechos —estaba diciendo y las frutas se agitaron y brillaron en la azulada semipenumbra—. Dos mil dólares por la vieja fábrica; Bill Tatum y cuatro carpinteros trabajando allí a ochenta centavos la hora; siete mil dólares vale la maquinaria que he encargado... Sin contar lo que me está costando un especialista como Morris Ritz. ¿Y todo para qué...? ¡Todo por ti, sólo por ti!

—¿Todo por mí? —La voz de Dolly sonó triste y mortecina como el atardecer. Vi su sombra cuando se movió de un lado a otro de la habitación—. Tú eres de mi propia carne y te amo tiernamente, en el fondo de mi corazón te quiero. Podría probarlo ahora, dándote la única cosa que ha sido mía en toda mi vida. También la tendrías tú, Verena, como todo. Por favor —dijo con voz entrecortada—, deja que eso me pertenezca.

Verena encendió la luz.

—Hablas de dar —su voz fue tan hiriente como el súbito resplandor—. Todos estos años he trabajado como un peón. ¿Qué es lo que no te he dado? Esta casa, esa...

—Me lo has dado todo —la interrumpió Dolly con suavidad—. Y a Catherine y a Collin. Excepto que nos hemos ganado un poco lo que nos dabas. Hemos cuidado y mantenido en orden la casa para ti, ¿no es verdad?

—¡Oh, una casa muy cuidada! —comentó Verena quitándose el sombrero con brusquedad. Su rostro estaba congestionado—. Tú y ese tonto escandaloso. ¿No te extraña que nunca invitara a nadie a venir a

casa? Pues había una razón muy simple. Estoy avergonzada de vosotros. Mira lo que ha pasado hoy.

Pude oír el profundo suspiro que se le escapó a
Dolly.

—Lo siento —dijo débilmente—. De veras que lo
siento. Siempre pensé que nuestro lugar estaba aquí,
que de un modo u otro nos necesitabas. Ahora todo
se arreglará, Verena. Nos marcharemos.

Verena suspiró:

—¡Pobre Dolly! ¡Pobrecita infeliz! ¿Adónde vais
a ir?

La respuesta, que tardó un poco en llegar, fue
frágil como el vuelo de una polilla:

—Conozco un sitio.

Después esperé en mi cama a que Dolly viniera a
darme el beso de buenas noches. Mi habitación, al
otro lado del salón, en un apartado rincón de la
casa, había sido la de su padre, el señor Uriah Talbo.
Cuando a causa de la edad empezó a chochear,
Verena se lo trajo de su finca en el campo, y fue allí
donde murió sin saber dónde estaba. Aunque hacía
ya diez o quince años que había muerto, el olor a
orina y a tabaco que había dejado el anciano todavía
saturaba el colchón y el armario; en un estante de
éste se hallaba el único objeto personal que se trajo
del campo: un pequeño tambor amarillo. Cuando
era un chico de mi edad, desfiló en un regimiento
sudista tocando su pequeño tambor y cantando.
Dolly decía que, cuando era pequeña, al despertar

en las mañanas de invierno le gustaba oír cómo su padre iba encendiendo los fuegos de la casa mientras cantaba; al envejecer su padre, e incluso después de su muerte, ella oía a veces el eco de sus canciones en la pradera. «Es el viento», le decía Catherine. Y Dolly le respondía: «Pero el viento somos nosotros... reúne y recuerda todas nuestras voces y después las envía charlando y contando sus cosas entre las hojas y los campos. He oído a papá con tanta claridad como que ahora es de día.»

Aquella noche, estábamos en septiembre, los vientos del otoño harían curvarse la tersa hierba roja y dejarían ir todas las voces desaparecidas; me pregunté si estaría cantando entre ellas el anciano en cuya cama estaba a punto de quedarme dormido.

En seguida pensé que Dolly había venido, por fin, a darme las buenas noches, pues me desperté al sentirla cerca de mí en la habitación. Pero estaba a punto de amanecer: las primeras luces del alba eran como follaje florido en las ventanas y los gallos cantaban en los corrales distantes.

—Chist, Collin —murmuró, inclinándose sobre mí. Traía puesto un traje de chaqueta de lana y un sombrero adornado con un velo de viaje que le caía sobre el rostro ensombreciéndoselo—. Sólo quería que supieras adónde nos vamos.

—¿A la casa del árbol? —dije, y tuve la sensación de que estaba hablando entre sueños.

Dolly afirmó con la cabeza.

—Sólo de momento. Hasta que encontremos un lugar mejor y hayamos hecho planes.

Se dio cuenta de que estaba asustado y colocó su mano en mi frente.

—Tú y Catherine... ¿Por qué no yo? —Me sobrecogió un escalofrío—. No podéis marcharos sin mí.

El reloj del pueblo estaba dando la hora. Dolly pareció esperar a que terminara antes de tomar una decisión. Sonaron cinco campanadas y cuando la última nota murió a lo lejos, yo ya había saltado de la cama y me estaba poniendo mis ropas.

Dolly dijo tan sólo:

—¡No te olvides el peine!

Catherine se nos unió en el patio. Iba inclinada bajo el peso de una brillante bolsa de hule de gran tamaño. Tenía los ojos hinchados, había estado llorando, y Dolly, extrañamente tranquila y segura de lo que estaba haciendo, le dijo:

—No te preocupes, Catherine, no tiene importancia; una vez que hayamos encontrado un lugar, podremos mandar a buscar tus peces de colores.

Las ventanas cerradas y tranquilas de Verena nos parecieron sombrías y las dejamos atrás caminando con cuidado; y en silencio cruzamos la puerta del jardín. Nos ladró un foxterrier, pero no había nadie en la calle. Nadie nos vio cruzar el pueblo, excepto un preso desvelado que miraba entre las rejas de la cárcel. Llegamos a la pradera en el mismo instante que los rayos del sol. El velo de Dolly se agitaba movido por la brisa matinal, y una pareja de faisanes posados en nuestra senda echaron a volar ante nosotros; sus alas de metal agitaron la hierba roja como la cresta de un gallo. El árbol parecía un cuenco lleno de todas las fragancias del septiembre verde y dorado. «Se va a caer, nos vamos a romper la cabeza», dijo Catherine, y a nuestro alrededor las hojas se sacudieron las gotas de rocío.

2

De no haber sido por Riley Henderson, dudo que nadie hubiera sabido, o al menos tan pronto, que estábamos en el árbol.

Catherine había llenado su bolsa de hule con todas las sobras de la cena del domingo y estábamos disfrutando de un desayuno de pasteles y pollo cuando en el bosque resonaron unos disparos. Nos quedamos inmóviles y el pastel se secó en nuestras bocas. Debajo de nosotros apareció un perro perdiguero muy delgado, seguido de Riley Henderson, que llevaba al hombro una escopeta y en torno al cuello una guirnalda de ardillas ensangrentadas y atadas por la cola. Dolly se bajó el velo del sombrero como si tratara de camuflarse entre las hojas.

Riley se detuvo no lejos del árbol, con expresión de atención en su rostro juvenil y atezado. Se echó la escopeta a la cara como si esperara un blanco sobre el que disparar tan pronto se presentara. La tensión fue excesiva para Catherine, que gritó:

−¡Riley Henderson, no te atrevas a disparar sobre nosotras!

La escopeta se movió y el chico se volvió. Las ardillas oscilaron como un collar suelto.

−Hola, Catherine Creek; hola, señorita Talbo. ¿Qué hacen ustedes ahí arriba? ¿Huían de algún gato salvaje?

−Simplemente estamos aquí sentadas −respondió Dolly con rapidez, como si tuviera miedo de que Catherine y yo nos adelantáramos a su respuesta−. Vaya una buena colección de ardillas.

−Tome un par de ellas −dijo soltando dos−. Anoche nos comimos algunas para cenar y eran muy tiernas. Espere un minuto, se las subiré.

−No tienes que molestarte, déjalas ahí abajo, en el suelo.

Riley dijo que las hormigas se encargarían de ellas y trepó por el árbol. Su camisa azul estaba manchada de sangre y también había gotas de sangre seca en su pelo áspero de color de cuero; olía a pólvora y su rostro simpático y de facciones regulares estaba tostado por el sol y tenía el color de la canela.

−¡Vaya, si hay una cabaña en el árbol! −dijo mientras golpeaba con el pie las tablas del suelo como para cerciorarse de su resistencia.

Catherine le advirtió que aún era una casa arbórea, pero que pronto dejaría de serlo si seguía pataleando sobre ella. Riley preguntó:

−¿La has hecho tú, Collin?

Tuve una agradable sorpresa al darme cuenta de

que había pronunciado mi nombre. Pensaba que yo no era más que una mota de polvo para Riley Henderson. Pero yo sí le conocía a él.

Nunca en nuestro pueblo nadie había dado tanto que hablar como Riley Henderson. Las personas mayores hablaban de él en voz baja y los que tenían su misma edad o menos, como yo, nos sentíamos felices llamándole vil y duro, pero eso se debía a que nos permitía envidiarle, pero no apreciarle ni ser amigos suyos.

Todo el mundo sabía la historia de Riley Henderson.

Había nacido en China, donde su padre, misionero, fue asesinado en una revuelta. Su madre era de nuestro pueblo y se llamaba Rose; aunque yo no la conocí, la gente decía que fue una mujer muy bonita hasta que empezó a usar gafas. Además era rica, pues recibió una gran herencia de su abuelo. Cuando regresó de China se trajo con ella a Riley, que entonces tenía cinco años, y a dos hijas más pequeñas; se fueron a vivir con un hermano de Rose, el juez de paz Horace Holton, un solterón fornido y con el cutis amarillo como un membrillo. En el curso de los años siguientes Rose se fue volviendo un poco rara. Había amenazado con denunciar a Verena por haberle vendido un vestido que encogió al lavarlo; para castigar a Riley por sus travesuras lo hacía caminar a la pata coja por el jardín de la casa recitando la tabla de multiplicar; pero por lo demás le dejaba hacer lo que le viniera en gana, libre como un gato salvaje, y cuando el ministro presbiteriano le hablaba de ello, ella le respondía que odiaba a sus hijos y deseaba verlos muertos. Y es posible que fuera cierto, porque una mañana de Navidad, cerró por dentro la puerta del cuarto de baño y trató de ahogar en la bañera a sus dos hijitas. Se decía que Riley rompió la puerta con un hacha, lo que significa una difícil tarea para un chico de nueve o diez años, que era la edad que debía de tener por aquel entonces. Después de aquello, Rose fue enviada a un lugar en la costa del Golfo, un sanatorio para enfermos mentales, y lo más probable es que siga viviendo allí; al menos no he oído decir que hubiese muerto.

Riley y su tío Horace Holton no se llevaban bien. Una noche Riley robó el Oldsmobile de Horace y se fue a un baile de mala fama con Mamie Curtiss, una chica que se las sabía todas y era como unos cinco años mayor que él, que por aquel entonces debía de rondar los quince. Horace se enteró de que estaban en aquel baile y se fue a buscar al sheriff para que le sacara de allí. Dijo que iba a hacer que le detuvieran para darle una lección. Pero Riley le dijo al sheriff: «Usted se ha equivocado de persona.» Y allí mismo, en medio de la multitud, acusó a su tío de haberse apropiado de dinero que pertenecía a Rose y que debía pasar a Riley y sus hermanas. Se mostró dispuesto a solucionar el asunto allí mismo, de hombre a hombre, con su tío, y cuando Horace dio unos pasos atrás, se acercó a él y le hinchó un ojo. El sheriff metió a Riley en la cárcel, pero el juez Cool, un viejo amigo de Rose, empezó a investigar el asunto y quedó claro, sin lugar a dudas, que Horace había estado sustrayendo dinero de Rose y poniéndolo en su propia cuenta bancaria. Horace se limitó a hacer las maletas y tomó el tren para Nueva Orleans, donde, según oímos decir, encontró empleo: celebraba matrimonios en un barco turístico que hacía excursiones nocturnas por el Mississippi y se hacía llamar el Ministro del Amor. A partir de ese momento, Riley fue su propio dueño. Con un préstamo que consiguió con la garantía de la herencia que un día habría de recibir, se compró un coche de carreras rojo y recorrió la región llevando a todas las chicas fáciles del pueblo. Las únicas buenas chicas que se vieron en aquel automóvil fueron sus dos hermanas, cuando algún domingo por la tarde las llevaba a dar un paseo, lento y respetable, en torno a la plaza. Sus hermanas eran dos chicas bastante bonitas, pero no salían mucho, pues su hermano las vigilaba de cerca y los muchachos no se atrevían a acercarse demasiado. Una mujer de color, digna de confianza, se ocupaba de la casa, pero por lo demás vivían los tres solos. Una de las hermanas iba a mi curso y obtenía las mejores notas, siempre sobresalientes. Riley, por su parte, había dejado la escuela, pero no era uno de esos tipos que se pasan el día en los billares, ni se mezclaba con esa clase de chicos. Durante el día se dedicaba a pescar o iba de caza. Hizo muchos arreglos en la vieja casa de Holton, pues era buen carpintero y también buen mecánico. Entre otras cosas, hizo un claxon especial para su coche, que sonaba como una sirena de tren, y por las noches se le podía oír carretera abajo cuando dejaba el pueblo para irse a bailar a alguna localidad vecina. ¡Cuánto me hubiera gustado ser amigo suyo! Y no me parecía del todo imposible, pues sólo era dos años mayor que yo. No puedo olvidar la única vez que habló conmigo. Luciendo unos pantalones blancos de franela, se dirigía al baile del club local y se detuvo en la droguería de Verena, donde a veces yo ayudaba los sábados por la noche. Quería un paquete de Shadows, pero yo no sabía con certeza qué era aquello, así que tuvo que pasar al otro lado del mostrador y tomarlos él mismo de la estantería. Y se echó a reír, sin mala intención, lo que me molestó más que si se hubiera burlado abiertamente de mí: se había dado cuenta de que yo era un estúpido, y nunca podríamos ser amigos.

Dolly dijo:

–Toma un pastelillo, Riley.

Nos preguntó si solíamos ir de excursión a horas tan tempranas y añadió que le parecía una idea estupenda salir de buena mañana para desayunar en el campo.

–Es como nadar por la noche –comentó–. Yo suelo venir cuando todavía es de noche y nado en el río. La próxima vez que vengan a almorzar a estas horas de la mañana, avísenme para que sepa que andan por aquí.

–Serás bien recibido cada mañana –dijo Dolly levantándose el velo–. Creo que nos quedaremos aquí algún tiempo.

Riley pensó sin duda que se trataba de una extraña invitación, pero no dijo nada. Sacó un paquete de cigarrillos y lo hizo circular; Catherine tomó un pitillo y Dolly dijo:

—Catherine Creek, no has probado el tabaco en tu vida.

Catherine lo admitió, pero como quien piensa que tal vez se ha estado perdiendo algo.

—Tiene que ser reconfortante, puesto que tantas personas hablan en su favor. Y, Corazoncito, cuando se llega a nuestra edad hay que buscar algo que nos reconforte.

Dolly se mordió el labio.

—Bien, supongo que no hay ningún mal en ello —admitió, y también ella aceptó un cigarrillo.

Hay dos cosas que pueden hacer que un chico se vuelva loco (según el señor Hand, que en cierta ocasión me sorprendió fumando en los lavabos de la escuela), y yo había renunciado a una de ellas, a los cigarrillos, dos años antes. No porque creyera que fueran a volverme loco, sino porque suponía que impedían mi crecimiento. Ahora había alcanzado una estatura normal. Riley no era más alto que yo, aunque lo parecía porque se movía con el aire desmañado de un vaquero larguirucho. Tomé un cigarrillo, y Dolly, que fumaba sin tragarse el humo, dijo que tal vez acabaríamos poniéndonos todos enfermos, pero no nos ocurrió nada malo, y Catherine manifestó que la próxima vez le gustaría probar una pipa, pues olían muy bien. Entonces Dolly, sin que nadie la presionara, nos confesó que Verena fumaba en pipa, algo que yo nunca me habría imaginado.

—No sé si sigue haciéndolo, pero solía tener una pipa y una lata de Prince Albert con media manzana dentro. Aunque no debes decírselo a nadie —añadió de repente, al darse cuenta de la presencia de Riley, que se echó a reír a carcajadas.

Normalmente, cuando se le veía por la calle o pasaba con su automóvil, Riley tenía una expresión tensa, casi agresiva; pero allí, con nosotros, en la casa del árbol, parecía mucho más relajado y sus frecuentes sonrisas enriquecían su rostro como si deseara ser al menos amistoso, si no un amigo. Dolly, por su parte, parecía tranquila, como si gozara de su compañía. Ciertamente, no le tenía miedo: tal vez porque estábamos en la casa del árbol y la casa del árbol era suya.

—Muchas gracias por las ardillas —le dijo cuando Riley se dispuso a marcharse—. Y no olvides volver a visitarnos.

El muchacho bajó del árbol y desde el suelo preguntó:

—¿Quieren que las lleve a alguna parte? Mi coche está junto al cementerio.

Dolly le dijo:

—Gracias, es muy amable por tu parte, pero no tenemos adónde ir.

Con un guiño, alzó su escopeta y nos apuntó. Y Catherine gritó: «Te mereces unos azotes, muchacho»; pero él se echó a reír, nos saludó agitando la mano y se alejó corriendo, siguiendo a su perdiguero, que ladraba delante de él. Dolly dijo alegremente:

—Fumemos otro cigarrillo.

Y tomó uno del paquete que Riley había olvidado.

Cuando Riley llegó al pueblo, la noticia de nuestra fuga en plena noche zumbaba por el aire como una colmena de abejas. Aunque ni Catherine ni yo lo sabíamos, Dolly había dejado una nota, que Verena encontró a la hora del desayuno. Por lo que yo creí entender, esa nota decía simplemente que nos marchábamos y que ninguno de nosotros volvería a molestarla nunca más. Inmediatamente, Verena corrió a ver a su amigo Morris Ritz al Hotel Lola y juntos se dirigieron a visitar al sheriff. Este había logrado su elección gracias al apoyo de Verena; era un tipo descarado, expeditivo, joven, con una mandíbula brutalmente agresiva y la mirada escurridiza de un jugador fullero. Se llamaba Junius Candle y, ¿pueden ustedes creerlo?, es el mismo Junius Candle que en la actualidad ha llegado a senador. Se organizó una patrulla de búsqueda con los ayudantes del sheriff y se enviaron telegramas urgentes a los sheriffs de las ciudades vecinas. Muchos años después, cuando hubo que poner en orden los asuntos de los Talbo, encontré el original escrito a mano de ese telegrama, redactado, según creo, por el doctor Ritz:

Se buscan las siguientes personas que viajan juntas. Dolly Augusta Talbo, blanca, de sesenta años de edad, pelo rubio claro y encanecido, delgada, estatu-

ra un metro sesenta, ojos verdes, posiblemente per-
turbada, pero no es peligrosa; debe ponerse su des-
cripción en las pastelerías, pues le gustan mucho los
dulces. Catherine Creek, negra, finge ser india, edad
unos sesenta años, desdentada, habla confusamente,
baja y fuerte, es posible que sea peligrosa. Collin
Talbo Fenwick, blanco, de dieciséis años de edad,
pero con aspecto de ser más joven, un metro setenta,
ojos grises, delgado, desgarbado, cicatriz en la comi-
sura de la boca, carácter desabrido. Los tres se bus-
can como fugitivos.

«Pues no han ido muy lejos», comentó Riley en la oficina de correos, y la administradora, la señora Peters, se apresuró a tomar el teléfono para avisar de que Riley Henderson nos había visto en el bosque junto al cementerio.

Mientras en el pueblo ocurría esto, nosotros está-bamos intentando tranquilamente hacer lo más confortable posible nuestra casa sobre el árbol. De la gran bolsa de Catherine sacamos un edredón hecho con retales rosa y dorados; también teníamos un mazo de cartas, jabón, rollos de papel higiénico, naranjas y limones, velas, una sartén, una botella de zumo de zarzamora y dos cajas de zapatos llenas de comida. Catherine se jactó de haber saqueado la despensa sin dejar siquiera una galleta para el desayuno de Esa.

Después fuimos al arroyo y nos lavamos los pies y la cara en las frías aguas. Había muchos arroyos en el bosque de River, tantos como venas en la hoja de un árbol: claros, susurrantes, se abrían camino des-

50

cendiendo hacia el pequeño río que reptaba entre el bosque como un caimán verde. Dolly tenía realmente un aspecto raro con la falda de su traje de invierno subida y el velo que la molestaba como una nube de mosquitos.

—Dolly, ¿por qué llevas ese velo? —le pregunté.

Y ella me respondió:

—¿No es lo más apropiado que una señora se ponga un velo cuando va de viaje?

Regresamos al árbol, nos hicimos un jarro de deliciosa naranjada y hablamos del futuro. Todo lo que poseíamos eran cuarenta y siete dólares en metálico y algunas joyas, entre las que destacaba un anillo de alguna asociación estudiantil, de oro, que Catherine encontró en los intestinos de un cerdo mientras hacía salchichas. Según Catherine, cuarenta y siete dólares serían suficientes para adquirir billetes de autobús hasta cualquier parte. Conocía a alguien que había llegado a México por quince dólares. Tanto yo como Dolly nos oponíamos a ir a México por una razón: no conocíamos el idioma. Además, dijo Dolly, no debíamos aventurarnos fuera del estado y adondequiera que fuéramos tendríamos que estar cerca de un bosque, pues de otro modo, ¿cómo íbamos a preparar el remedio contra la hidropesía?

—Si queréis que os diga la verdad, me parece que deberíamos asentarnos aquí mismo, en el bosque de River —opinó, mirándonos especulativamente.

—¿En este árbol viejo? —dijo Catherine—. Ya puedes quitarte esa idea de la cabeza, Corazoncito. —Y continuó–: ¿No recordáis que leímos en el periódico que un hombre compró un castillo al otro lado del océano y se lo trajo a casa, piedra a piedra? Bien, podemos poner mi casita en un carro y traerla aquí.

Dolly objetó que la casa pertenecía a Verena, y por lo tanto no era nuestra y no podíamos llevárnosla. Catherine le respondió:

–¡Estás equivocada, querida! Si alimentas a un hombre, lavas su ropa y pares a sus hijos, estás casada con ese hombre y ese hombre es tu marido. Si barres una casa, enciendes su fuego, llenas su estufa y hay amor en ti durante todos los años en que haces esas cosas, entonces estás casada con esa casa y la casa es tuya. Del modo como yo lo veo, las dos casas de allá abajo nos pertenecen a nosotros; a los ojos de Dios podríamos echar de allí a Esa con toda razón.

Yo tuve una idea: río abajo, no lejos de nosotros, había un barco vivienda abandonado, verde por el moho que lo invadía a causa de la humedad, medio hundido; había sido propiedad de un viejo que se ganaba la vida pescando siluros y tuvo que huir del pueblo porque pretendió casarse con una chica negra de quince años. Mi idea era: ¿por qué no arreglábamos la casa flotante y nos íbamos a vivir a ella?

Catherine dijo que, de ser posible, deseaba pasar el resto de su vida en tierra firme.

–Donde el Señor nos puso.

Catherine respetaba muchas otras de Sus intenciones, una de ellas la de que los árboles se habían hecho para los monos y los pájaros. De pronto se quedó silenciosa y nos dio unos codazos señalándonos sorprendida un lugar donde el bosque se abría hacia la pradera.

Por allí, caminando solemnes y majestuosos, rígidos, se aproximaba un grupo de personajes distinguidos: el juez Cool, el reverendo Buster y su esposa, la señora Macy Wheeler y, al frente de todos, el sheriff Junius Candle, que llevaba botas altas de cordones y una pistola bamboleándose en su cadera. El polvillo iluminado por el sol los envolvía como mariposas doradas, las zarzas arañaban sus almidonadas ropas de ciudad y la señora Macy Wheeler, asustada por una liana que se enredó entre sus piernas, dio un agudo chillido y saltó hacia atrás. Me eché a reír.

Al oírme alzaron la vista hasta nosotros; había una expresión de horror y perplejidad en algunos rostros: era como si fueran visitantes de un zoológico que sin querer hubieran entrado en una de las jaulas. El sheriff Candle se adelantó con la mano sobre la culata de la pistola. Se nos quedó mirando fijamente, con los ojos entornados como quien mira al sol.

—Eh, vosotros... —empezó, pero fue interrumpido por la señora Buster, que dijo:

—Sheriff, estábamos de acuerdo en dejar esto en manos del reverendo.

Era una norma suya que su marido, como representante de Dios, tenía que ser siempre el que dijera la primera palabra en cualquier asunto. El reverendo Buster carraspeó y se frotó las manos, que parecían las secas antenas de un insecto.

—Dolly Talbo —dijo. Su voz era sonora, a pesar de venir de un hombre tan delgado—, te hablo en nombre de tu hermana, una mujer tan bondadosa y amable...

—Sí que lo es —coreó su esposa, y la señora Macy Wheeler le hizo eco como un loro.

—... que ha sufrido en este día un golpe doloroso.

—Lo ha sufrido —cantaron las dos mujeres con sus voces habituadas al coro.

Dolly miró a Catherine y tocó mi mano, como si quisiera preguntarnos qué significaba la presencia de aquel grupo que nos contemplaba con ojos excitados, como perros rodeando un árbol donde se hubieran refugiado unas zarigüeyas. Inadvertidamente, supongo que porque necesitaba ocupar las manos en algo, tomó uno de los cigarrillos que Riley se había dejado.

—Debería darte vergüenza —berreó la señora Buster, agitando su pequeña cabeza medio calva. Los que la llamaban majadera y chismosa no se referían sólo a su carácter sino también a su aspecto de buharro: aparte de una fea cabeza, desproporcionadamente pequeña, tenía la espalda jibosa y un cuerpo enorme—. He dicho que debería darte vergüenza. ¿Cómo puedes haberte alejado de Dios hasta el extremo de sentarte en un árbol como un indio borracho... chupando un cigarrillo como una vulgar...

—Cualquiera.

–... cualquiera, mientras tu hermana sufre y se siente desgraciada?

Tal vez tenían razón al calificar a Catherine de peligrosa, pues se irguió y le gritó:

–Señora predicadora, no llame a Dolly ni a ninguno de nosotros una cualquiera o bajaré de aquí y la tumbaré de una bofetada.

Afortunadamente, ninguno de ellos la entendió, pues de haberlo hecho es posible que el sheriff le hubiera atravesado la cabeza de un tiro. Sin exageración: muchos de los blancos del pueblo hubieran opinado que hizo bien.

Dolly pareció sorprendida y al mismo tiempo dueña de sí misma. Se sacudió el polvo de la falda y dijo:

–Piense un momento, señora Buster, y se dará cuenta de que nosotros estamos más cerca de Dios que usted... unos cuantos metros.

–Eso está muy bien, señorita Dolly. A eso le llamo yo una buena contestación.

Quien hablaba era el juez Cool; juntó las manos y se sonrió entre dientes apreciativamente.

–Claro que están más cerca de Dios –dijo sin dejarse afectar por los rostros severos y críticos que le rodeaban–. Ellos están en el árbol y nosotros en el suelo.

La señora Buster giró sobre sí misma para mirarle.

–Pensaba que eras cristiano, Charlie Cool. Mis ideas sobre lo que debe ser un cristiano no incluyen reírle las gracias y darle ánimos a una pobre loca.

—Ten cuidado con tus palabras, Thelma —objetó el juez—. Tampoco creo que sea muy cristiano llamar loca a la gente.

El reverendo Buster abrió fuego:

—Respóndeme a esto, juez. ¿Para qué has venido con nosotros si no es para que se haga la voluntad de Dios, en espíritu de caridad?

—¿La voluntad de Dios? —exclamó el juez incrédulo—. Tú no la conoces mejor que yo. Es posible que el Señor les haya pedido a esas personas que vivan en un árbol; o al menos tendrás que admitir que El no te ha ordenado que vengas a hacer que se bajen de él. A menos, claro está, que Verena Talbo sea el Señor, una teoría que muchos de vosotros parecéis aceptar, ¿verdad, sheriff? No, señor, yo no he venido aquí para imponer la voluntad de nadie, sino para hacer la mía propia, lo cual quiere decir que he venido simplemente a dar un paseo... El bosque es muy bello en esta época del año.

Tomó unas cuantas violetas de color tostado y se las puso en el ojal.

—¡Al diablo con todas estas tonterías! —comenzó el sheriff, de nuevo interrumpido por la señora Buster, que dijo que no permitiría que se soltaran tacos, ¿verdad, reverendo?, y el reverendo contestó que maldita sea si iba a permitirlo.

—Esto es cosa mía —informó el sheriff, adelantando su agresiva mandíbula de pendenciero—. Esto es asunto de la ley.

—¿Qué ley, Junius? —inquirió el juez con tranquilidad—. Recuerda que llevo veintisiete años en los tribunales, es decir, más de los que tú tienes. Ten cuidado. No tenemos el menor derecho legal a interferir en las acciones de la señorita Dolly.

Sin dejarse intimidar, el sheriff trepó un poco por el tronco del árbol.

—Bien, no me creéis más problemas —dijo con un tono de falso halago, y pudimos ver sus aguzados caninos—. ¡Vamos, bajad de ahí todos vosotros!

Al ver que seguíamos sentados, igual que pájaros en su nido, nos mostró algo más de su dentadura y, como si tratara de hacernos caer del árbol, empezó a mover furiosamente una rama.

—Señorita Dolly, usted siempre fue una persona pacífica —dijo Macy Wheeler—. Por favor, véngase a casa con nosotros, no querrá perderse el almuerzo.

Dolly respondió, como sin darle importancia, que no teníamos hambre, ¿verdad que no?

—Tenemos un muslo de pollo para quien lo quiera —añadió.

El sheriff Candle volvió a tomar la palabra:

—Me lo está poniendo todo muy difícil, señora. —Y trepó un poco más. Una rama crujió bajo su peso y todo el árbol se sacudió como por los efectos de un trueno triste y cruel.

—Si os pone las manos encima, dadle una patada en la cabeza —aconsejó el juez—, o lo haré yo —añadió desafiante.

Como una rana inspirada, dio un salto y cogió una de las botas del sheriff, ya medio encaramado en el árbol. El sheriff, a cambio, me sujetó por los tobillos y Catherine tuvo que sostenerme por la cintura. Ibamos resbalando, de manera que parecía inevitable que todos viniéramos a dar en el suelo; la tensión era inmensa. Entonces Dolly empezó a verter la naranjada que aún nos quedaba en el jarro sobre la nuca del sheriff, que de repente soltó un taco y me dejó ir. El sheriff y el juez dieron con sus cuerpos en tierra, el sheriff sobre el juez y los dos encima del reverendo Buster, al que derribaron. La señora Macy Wheeler y la señora Buster aumentaron el desastre echándose sobre ellos para ayudarles mientras lanzaban gritos que parecían graznidos de cuervo.

Conmovida por lo que había ocurrido y la parte que tuvo en ello, Dolly se quedó tan confusa que arrojó el jarro vacío, el cual fue a caer sobre la cabeza de la señora Buster con un ruido sordo.

—¡Perdón! —se disculpó, aunque en medio de aquel escándalo nadie la oyó.

Cuando cesó la confusión bajo el árbol, los que habían sido afectados por ella se separaron desconcertados y palpándose cuidadosamente. El reverendo parecía bastante chafado, pero no se apreció ningún hueso roto. Sólo la señora Buster, en cuya cabeza casi pelada se iba levantando un chichón piramidal, podía lamentarse de haber resultado herida. Y así lo hizo:

—Me has atacado, Dolly Talbo, no lo niegues, todos los presentes han visto cómo me tirabas el jarro de barro a la cabeza. ¡Junius, deténla!

El sheriff, sin embargo, estaba más interesado en resolver sus propias diferencias. Con las manos en las caderas, contoneándose, se inclinó sobre el juez, que estaba reemplazando las violetas del ojal de su chaqueta.

—¡Si no fuera usted tan viejo, lo tumbaría de un puñetazo!

—No soy tan viejo, Junius, sólo lo suficiente para pensar que dos hombres no deben pelearse en presencia de señoras —le respondió el juez. Era un hombre alto, de anchos hombros y cuerpo erguido. Pese a estar cerca de los setenta años, tenía el aspecto de tener poco más de cincuenta. Apretó los puños, peludos y fuertes como dos cocos. Y añadió—: De todos modos, si estás dispuesto, aquí me tienes.

A decir verdad, creo que sus fuerzas estaban niveladas. Ni siquiera el sheriff parecía seguro de sí mismo; con aire bravucón se escupió entre los dedos y dijo que nadie iba a acusarle de golpear a un anciano.

—O de no poder defenderse de uno —ironizó el juez—. ¡Vamos, Junius, métete los faldones de la camisa y vuelve corriendo a casa!

El sheriff se dirigió a nosotros:

—Os evitaréis muchos problemas si bajáis y venís ahora conmigo.

Arriba no nos movimos, salvo Dolly, que se echó el velo sobre la cara como si con ese gesto quisiera correr un telón sobre todo el asunto. La señora Buster, cuyo chichón crecía hasta casi convertirse en un cuerno, dijo jactanciosamente:

—No importa, sheriff. Les hemos dado su oportunidad. —Dirigió su mirada a Dolly y después al juez.

Y añadió—: Quizá crean que se han salido con la suya, pero déjenme decirles algo: no olviden que todo tiene su retribución y no sólo en el cielo, sino también aquí en la tierra.

—Aquí en la tierra —coreó la señora Macy Wheeler.

Se marcharon por donde habían venido, erguidos y altivos como el cortejo de una boda, y al entrar en la luz del sol la hierba roja, ondulada por el viento, pareció tragárselos.

Un tanto decaído, debajo del árbol, el juez nos sonrió con una pequeña inclinación de cortesía y nos dijo:

—¿Recuerdan que ofrecieron un muslo de pollo al que lo quisiera?

Bien hubiera podido decirse que el juez estaba hecho con distintas partes del árbol: su nariz era como una astilla, sus fuertes piernas semejaban dos viejas raíces y sus cejas, ásperas e hirsutas, parecían hechas con trozos de corteza. En las ramas más altas del árbol había un moho plateado que recordaba el color de su pelo peinado con raya en medio. Las anchas hojas que descendían desde un gran sicomoro vecino de nuestro árbol tenían el color de sus mejillas. Pese a sus ojos astutos, como los de un viejo gato, el aspecto general de su rostro era el de una persona tímida y rústica. Por lo común, el juez Charlie Cool no era una persona que gustara de hacerse valer, y eran muchos los que se aprovechaban de su modestia para subírsele a las barbas. Y sin embargo, ninguno de ellos podía jactarse, como hubiera podido él, de ser un graduado de la Universidad de Harvard y haber viajado dos veces por Europa. Pese a todo, había quienes estaban resentidos con él y le acusaban de presunción. ¿No se decía de él que cada mañana, antes de desayunar, leía unas páginas de griego clásico? ¿Qué clase de hombre era, que siempre llevaba flores en el ojal? Si no era un engreído, se preguntaba mucha gente, ¿por qué tuvo que ir nada menos que a Kentucky para encontrar esposa, en vez de casarse con una de nuestras mujeres? No recuerdo a la señora del juez, que murió antes de que yo tuviera edad suficiente para darme cuenta de su existencia; consecuentemente, todo lo que diga de ella será de segunda tinta: la gente del pueblo nunca sintió mucho entusiasmo por Irene Cool, al parecer, por su culpa. Para empezar, las mujeres de Kentucky son tercas, nerviosas y pícaras, e Irene Cool, que había nacido en Bowling Green y cuyo apellido de soltera era Todd (Mary Todd, una prima lejana, se casó con Abraham Lincoln), no dudaba en dejar ver con toda claridad a quienes tenían tratos con ella que los consideraba pueblerinos y vulgares; no recibía en su casa a ninguna de las señoras del pueblo, pero la señorita Palmer, que cosía para ella, hizo correr la noticia de cómo había transformado los gustos y el estilo de vida del juez, con alfombras orientales y muebles antiguos y valiosos. Iba y venía de la iglesia en un Pierce-Arrow con las ventanillas subidas y en el templo se llevaba con frecuencia un pañuelo impregnado de colonia a la nariz: *el olor de Dios no es lo suficiente bueno para Irene Cool*. Por si eso fuera poco, nunca permitió que los médicos locales atendieran a su familia, pese a que estaba medio inválida: una leve dislocación de una vértebra la obligaba a dormir sobre tablas. Corrían muchos chistes sobre el juez con el cuerpo lleno de astillas. De todos modos, logró engendrar dos hijos, Todd y Charles Junior, ambos nacidos en Kentucky, adonde marchó su madre con tiempo suficiente para que sus hijos pudieran presumir de haber nacido en el estado de los grandes pastizales. Quienes propalaron que el juez era una víctima de la irritabilidad de su esposa y un hombre desgraciado, nunca tuvieron mucho en que basarse, y después de que Irene murió, incluso sus más duros críticos tuvieron que admitir que el viejo Charlie parecía haber amado de veras a su esposa. Durante los dos últimos años de la vida de Irene, cuando estaba muy enferma e irritable, su esposo se retiró de su cargo de juez de distrito y se fue con ella de viaje para recorrer de nuevo los lugares que visitaron en su luna de miel. Irene no regresó: está enterrada en Suiza. No hace mucho tiempo Carrie Wells, una maestra de nuestro pueblo, fue a Europa en un viaje en grupo; lo único que conecta a nuestro pueblo con aquel continente son las tumbas: las tumbas de nuestros soldados y la de Irene Cool. Carrie, provista de una cámara instantánea, fue a visitarlas todas, pero por mucho que buscó en un cementerio entre montañas, cubierto de nubes durante toda una tarde, no pudo encontrar la tumba de la esposa del juez; resulta irónico pensar que Irene Cool, que reposaba ya para siempre y serenamente en aquel camposanto, aún seguía negándose a recibir a las señoras de nuestro pueblo.

Cuando el juez regresó no tuvo mucho que hacer en la región. Políticos como Meiself Tallsap y su banda se habían hecho con el poder, y esos tipos no podían permitir que Charlie Cool volviera a los tribunales. Resultaba triste ver al juez, un hombre de buen aspecto, que vestía trajes bien cortados, con una banda de seda negra en la manga y una rosa blanca en el ojal, sin tener nada que hacer salvo ir de vez en cuando a correos o a hacer una corta visita al banco. Sus hijos trabajaban en el banco. Eran dos hombres reservados y prudentes que podrían haber pasado por gemelos, pues los dos eran pálidos como un merengue, caminaban cargados de espalda y tenían los ojos siempre húmedos. Charles hijo perdió el pelo cuando todavía estaba en la universidad y había llegado a ser vicepresidente del banco. Todd, el hijo menor, era el jefe de cajeros. No se parecían en absoluto a su padre, excepto en que también ellos se casaron con mujeres de Kentucky. Las nueras se habían hecho cargo de la casa del juez, la dividieron en dos apartamentos, con entradas separadas, y se llegó al acuerdo de que el padre viviera alternativamente con cada uno de sus hijos. No es de extrañar que le gustara pasear por el bosque.

–Muchas gracias, señorita Dolly –dijo limpiándose la boca con el dorso de la mano–. Este es el mejor muslo de pollo que he comido desde que dejé de ser un chaval.

—Es lo menos que podíamos hacer por usted, un muslo de pollo. Ha sido usted muy valiente.

En la voz de Dolly había un temblor de emoción, femenino, que me causó la impresión de ser inconveniente y estar desprovisto de dignidad; por lo visto, lo mismo le ocurrió a Catherine, que dedicó a Dolly una mirada de reproche. Sin embargo, Dolly volvió a dirigirse al juez:

—¿Quiere algo más, un trozo de pastel?

—No, señora, muchas gracias, he tenido más que suficiente.

Sacó de su chaleco un reloj de oro y desabrochó la cadena, que después colgó de una fuerte rama por encima de su cabeza. El reloj pendió como un adorno en un árbol de Navidad; el apagado sonar de su tictac podría haber sido el latido del corazón de algo delicado, una luciérnaga o una rana.

—Oír pasar el tiempo hace que el día sea más largo. He aprendido a apreciar los días largos.

Acarició a contrapelo la piel de las dos ardillas, que estaban encogidas en un rincón, como si estuvieran simplemente dormidas.

—En medio de la cabeza. Buen tiro, muchacho.

Naturalmente, pasé la alabanza a quien se la merecía.

—Vaya, conque fue Riley Henderson —comentó el juez, quien añadió que había sido precisamente Riley quien había descubierto dónde estábamos—. Pero antes han debido de gastarse cien dólares en telegramas −nos dijo con una risita, sólo de pensarlo−. Creo que ha sido el pensar en todo ese dinero lo que ha hecho que Verena cayese enferma.

Con el ceño fruncido, Dolly comentó:

−No tiene el menor sentido que estén tan enfadados con nosotros y nos traten así. Parecían lo bastante furiosos como para matarnos, aunque no veo la razón, ni qué tiene que ver todo esto con Verena; sabía que íbamos a irnos para dejarla tranquila. Se lo dije e incluso le dejé una nota. Pero ¿está enferma, señor juez, de veras está enferma? Nunca lo había estado.

−Ni un solo día −corroboró Catherine.

−Está disgustada, eso es todo −dijo el juez con cierta satisfacción−. Pero Verena no es mujer que se deje vencer por nada que una aspirina no pueda curar. Recuerdo perfectamente cuando quiso reformar el cementerio para construir en él una especie de mausoleo para ella y todos vosotros, los Talbo. Una de las señoras que andaban por allí se me acercó y me dijo: «Juez, ¿no cree usted que Verena es una de las personas más morbosas del pueblo, al pensar en construir una tumba tan grande para ella?» Y yo le respondí: «No, lo único morboso en todo esto es que esté gastando su dinero en una cosa así cuando ni por un momento se le ha ocurrido pensar que pueda llegar el día que también ella se muera.»

−No me gusta oír hablar mal de mi hermana −dijo Dolly−. Ha trabajado muy duramente y se ha ganado el derecho a tener las cosas que desee y como las desee. Es culpa nuestra. En cierto modo le hemos fallado, así que ya no había lugar en su casa para nosotros.

El algodón que Catherine tenía en las mandíbulas le daba la expresión de estar mascando tabaco.

—¿Habla mi Corazoncito o una condenada hipócrita? Es un amigo y deberías decirle la verdad, que Esa y el mezquino judío querían robarnos nuestro medicamento...

El juez pidió que se le tradujeran las palabras de Catherine, pero Dolly dijo que no eran más que tonterías que no valía la pena repetir y, para apartarlo del tema, le preguntó si sabía cómo despellejar a una ardilla. Moviendo la cabeza afirmativamente, con aire soñador, dirigió su mirada lejos de nosotros, por encima de nosotros, escudriñando con sus ojos como bellotas las hojas que sobre nuestras cabezas se combinaban con el cielo y eran agitadas por la brisa.

—Es muy posible que ya no quede sitio para nosotros en ninguna parte. Pero seguiremos confiando en encontrarlo, y si lo conseguimos, aunque sólo sea por un momento, podremos considerarnos benditos de Dios. Este puede ser vuestro lugar... —dijo temblando, como si las alas abiertas del cielo le hubieran hecho coger un enfriamiento—. Y el mío.

Con la misma sutileza con que el reloj dejaba caer el sonido del tiempo, la tarde se curvaba hacia el atardecer. La neblina del río, el aliento del otoño, el color de la luna mezclado con el del bronce, los árboles azules... y un halo, una imagen del invierno,

66

rodeaba al sol. Pero el juez no se decidía a marcharse.

—Dos mujeres solas con un muchacho, a merced de la noche... Y Junius Candle, cuya estupidez sólo Dios sabe hasta dónde llegará... Me quedo con ustedes.

De nosotros cuatro el juez era, con toda seguridad, el que mejor se había adaptado al árbol. Estaba como en su casa. Era un placer observarlo, tembloroso como el hocico de una liebre, sintiéndose de nuevo un hombre, más todavía: un protector. Despellejó las ardillas con su navaja, mientras que en la penumbra yo busqué leña y, bajo el árbol, hice un fuego para la sartén. Dolly abrió la botella de zumo de zarzamora; lo justificó mencionando el frío vientecillo, que daba escalofríos. Las ardillas resultaron muy tiernas, y el juez comentó orgulloso que deberíamos probar su siluro frito. Bebimos en silencio, el olor de las hojas y del humo del mortecino fuego nos trajo el recuerdo de otros otoños y suspiramos hondamente, al escuchar, semejantes al rugido del mar, los cantos de la pradera. La vela tembló en el jarro de barro y las pequeñas mariposas que volaban en torno a la llama parecían llevar bufandas amarillas entre las ramas negras.

Entonces notamos algo: no fue ruido de pasos, sino más bien una nebulosa sensación de intrusión; podría haberse tratado simplemente de la salida de la luna. De no ser porque no había luna, ni estrellas. La noche era tan oscura como el zumo de las zarzamoras.

—Creo que hay alguien... algo... ahí abajo —dijo Dolly expresando lo que sentíamos todos nosotros.

El juez alzó la vela. Algunos animales nocturnos se alejaron sorprendidos por la luz, y un búho de las nieves voló entre los árboles.

—¿Quién anda por ahí? —preguntó el juez con el tono desafiante de un soldado—. ¡Responda! ¿Quién anda por ahí?

—Soy yo, Riley Henderson.

Era él, en efecto. Salió de entre las sombras y su rostro, al alzarse hacia nosotros, al ser envuelto por la luz de la vela, pareció adquirir un gesto retorcido.

—Sólo quería saber cómo les iba. Espero que no estén enfadados conmigo. No hubiera dicho dónde estaban de haber sabido de qué se trataba.

—Nadie te reprocha nada, hijo —le respondió el juez. Recordé que había sido precisamente él quien patrocinó la causa de Riley contra su tío Horace Holton. Había, por lo tanto, un mutuo entendimiento entre ellos—. Estamos tomando un poco de zumo de zarzamora. Me parece que miss Dolly se sentirá contenta si te unes a nosotros.

Catherine se quejó de que no había sitio suficiente. Un kilo más de peso y las viejas tablas cederían. Pese a todo, nos apretamos un poco más para hacerle sitio a Riley. Apenas estuvo a nuestro lado, Catherine le dio un buen tirón de pelo.

—Este es por habernos apuntado esta mañana con tu escopeta, como si fuéramos un no sé qué —dijo mascullando, pero habló con la suficiente claridad como para que se la entendiese. Inmediatamente, le dio un nuevo tirón−: Y éste por haber mandado al sheriff contra nosotros.

La conducta de Catherine me pareció impertinente, pero Riley gruñó y, sin perder sus buenas maneras, le dijo que quizá tendría mayores motivos para tirarle del pelo a alguien antes de que pasara la noche. En el pueblo los ánimos estaban excitados y las gentes se reunían como si fuera sábado por la noche. El reverendo Buster y su señora estaban atizando el fuego. La señora Buster se había sentado en el porche de su casa y les enseñaba a todos el enorme chichón de su cabeza. El sheriff Candle, dijo, había persuadido a Verena para que le autorizara a expedir una orden de arresto contra ellos, alegando que al salir de casa le robaron algunos objetos de su propiedad.

−Y, además, señor juez −continuó explicando Riley, con actitud grave y un tanto perpleja−, se les ha ocurrido la idea de detenerle a usted también, por perturbar la paz y obstruir la acción de la justicia, según he oído. Tal vez no debiera decírselo, pero me tropecé con uno de sus hijos, Todd, cuando salía del banco. Le pregunté qué pensaba hacer si de veras trataban de detenerle. Me dijo que no haría nada, que ya hacía tiempo que esperaba que usted acabara haciendo algo así.

Echándose hacia adelante, el juez sopló la vela y la apagó. Fue como si pensara que en su rostro iba a aparecer una expresión que no deseaba que viésemos nosotros. En la oscuridad alguien se puso a llorar, y al cabo de un momento todos supimos que se trataba de Dolly; el sonido de su llanto provocó una serie de explosiones de amor silenciosas que, describiendo un círculo completo, nos unieron unos a otros profundamente. El juez dijo:

–Cuando vengan debemos estar preparados para recibirlos. De momento, escuchadme todos...

3

—Antes que nada debemos conocer nuestra posición, para defenderla. Esta es la regla más importante. Así pues, ¿qué es lo que nos ha unido? Problemas. La señorita Dolly y sus amigos tienen problemas. Tú, Riley, y yo también tenemos problemas. Pertenecemos a este árbol o, de no ser así, no estaríamos aquí. —Dolly guardó silencio ante el tono lleno de confianza que había en la voz del juez, que continuó—: Hoy, cuando salí del pueblo con el grupo del sheriff, yo era un hombre convencido de que mi vida se acabaría sin que hubiera compartido nada con nadie y sin dejar rastro. Ahora creo que no voy a ser tan desafortunado. Señorita Dolly, ¿cuánto tiempo ha pasado? ¿Cincuenta, sesenta años? Fue en aquellos años en que la veía a usted, una niña tiesa y ruborosa en el carro de su padre... del que no se bajaba nunca porque no quería que nosotros, los chicos del pueblo, nos diésemos cuenta de que no llevaba zapatos.

—Ellas llevaban zapatos, Dolly y Esa —intervino Catherine—. Era yo quien no llevaba zapatos.

—Todos estos años la he seguido viendo —siguió el juez—, pero no supe, ni podía saber, hasta hoy, lo que es usted, Dolly: un espíritu, una pagana...

—¿Pagana...? —interrogó Dolly, alarmada al mismo tiempo que interesada.

—Después; antes, un espíritu, alguien que no se puede conocer sólo con los ojos. Los espíritus aceptan la vida, dan por sentadas sus diferencias y, en consecuencia, siempre tienen problemas. Yo quizá no debí ser juez, pues como tal he estado muchas veces en el lado equivocado: la ley no admite diferencias. ¿Recuerdan al viejo Carper, el pescador que tenía una casa flotante en el río? Le echaron de la ciudad porque quiso casarse con una bonita muchacha negra. Me parece que ella trabaja ahora para la señora Postum. Y ella le quería. Solía verlos cuando iba a pescar y eran muy felices juntos; la chica fue para él algo que nadie fue nunca para mí, esa persona única en el mundo a la que todo puede confiársele. Pues bien, si el pescador hubiera logrado casarse con ella, habría sido el deber del sheriff detenerle y el mío condenarle. En ocasiones imagino que todos aquellos a los que he declarado culpables han pasado la auténtica culpabilidad sobre mí; esto es, en parte, lo que me lleva a desear estar, al menos una vez antes de morir, de parte de la razón.

—Ahora está en el lado justo. Esa y el judío...

—Cállate...

—Esa persona única en el mundo... —Riley repitió

las palabras del juez, con tono de interrogación en su voz.

—Quiero decir una persona a la que se le puede decir todo —explicó el juez—. ¿Es que soy un necio por querer algo así? ¡Cuánta energía desperdiciamos escondiéndonos unos de otros, temerosos de que se nos conozca, de que nos identifiquen! Pero nosotros hemos sido identificados: cinco locos subidos a un árbol. Es una gran suerte que sepamos cómo hacer uso de esta situación. No tenemos necesidad de preocuparnos por la imagen que presentamos. Tenemos libertad para averiguar quiénes somos en realidad, si estamos convencidos de que nadie puede echarnos de aquí. Es su inseguridad lo que hace que nuestros amigos conspiren para negar las diferencias. Pedazo a pedazo entregué mi corazón en el pasado a extraños que desaparecían de pronto, que se bajaban en la primera estación: puestos todos ellos juntos quizá hubieran formado esa persona única en el mundo, pero sería como si tuviese una docena de rostros distintos moviéndose por cien calles diferentes. Esta es mi oportunidad de encontrar a esa persona única en vosotros, en usted, señorita Dolly, en Riley, en todos ustedes.

Catherine le interrumpió:

—Yo no soy un hombre con doce rostros. ¡Vaya idea...!

Esto irritó a Dolly, que le dijo que si no estaba en condiciones de hablar respetuosamente con el juez debía irse a dormir.

—Pero, señor juez —continuó Dolly—, no estoy

segura de saber lo que quiere decir al referirse a las cosas que podemos contarnos unos a otros. ¿Secretos?

–¿Secretos? ¡No, no! –El juez frotó una cerilla y volvió a encender la vela. Su rostro se precipitó hacia nosotros con una expresión inesperadamente patética: teníamos que ayudarle, suplicaba–. Hablando de esta noche, la verdad es que no hay luna. Lo que se diga no tiene realmente importancia, lo único que importa es la sinceridad con que se diga y la simpatía con que se reciba. Irene, mi esposa, era una mujer notable; deberíamos haberlo compartido todo y, sin embargo, nada se combinaba en nosotros, no podíamos establecer comunicación. Murió en mis brazos y al final le pregunté: «¿Eres feliz, Irene, te he hecho feliz?» «Feliz, feliz, feliz», éstas fueron sus últimas palabras, equívocas. No llegué a entender nunca si estaba diciéndome que sí o se limitaba a responderme como un eco. Y lo hubiera sabido de haberla conocido. Mis hijos. No me aprecian y hubiera querido gozar de su estimación más como hombre que como padre. Desgraciadamente, tienen la impresión de que conocen algo vergonzoso de mí; voy a explicarles de qué se trata.

Sus ojos viriles, en los que la luz de la vela ponía facetas brillantes, nos examinaron uno tras otro, como si tratara de someter a prueba nuestra atención y comprobar si merecíamos su confianza.

–Hace cinco años, o quizá seis, me senté en un asiento del tren en el que algún niño había dejado olvidada una revista infantil. La cogí, me puse a hojearla, y vi en la última página las direcciones de chicos que deseaban mantener correspondencia con otros. Había una chiquilla de Alaska, cuyo nombre me llamó la atención: Heather Falls. Le envié una tarjeta. ¡Dios mío, me pareció algo totalmente inofensivo y agradable! Me respondió inmediatamente y su carta me sorprendió: era un relato muy inteligente de la vida en Alaska, con descripciones encantadoras del rancho ovejero de su padre y de las auroras boreales. Tenía trece años y me envió una fotografía suya. No era una chica guapa, pero sí de aspecto inteligente y amable. Busqué en un viejo álbum familiar y encontré una instantánea mía, de cuando tenía quince años, hecha durante una excursión de pesca. Una foto al aire libre en la que yo sostenía una trucha en la mano. Parecía bastante reciente. Le escribí a la chica como si siguiera siendo el muchacho de la foto y le conté que me habían regalado una escopeta por Navidad, que nuestra perra había tenido cachorros y los nombres que les pusimos. Le describí también las atracciones de un circo que acababa de pasar por el pueblo. ¡Ser de nuevo un adolescente que se hace mayor y tener un amor platónico y lejano, en Alaska...! Bueno, era algo divertido para un viejo que se sienta a solas a escuchar el tictac de su reloj. Más tarde, la chiquilla me escribió diciéndome que se había enamorado de un muchacho que había conocido y sentí un auténtico ataque de celos, como le hubiera ocurrido a cualquier chico de esa edad. Pero seguimos siendo amigos. Hace dos años, cuando le escribí diciéndole que me preparaba para entrar en la Facultad de Leyes, me envió una pepita de oro: para que me trajera suerte, me dijo.

La sacó de su bolsillo y nos la mostró. Esto hizo que la chica, Heather Falls, se aproximara tanto a nosotros como si el gentil y brillante regalo que se balanceaba en la palma del juez fuera parte del corazón de la chica.

−¿Y eso es lo que sus hijos consideran vergonzoso? −dijo Dolly, más herida que indignada−. ¿Que quisiera hacerle compañía a una chiquilla solitaria de Alaska? ¡Llueve tanto allí!

El juez Cool cerró su mano sobre la pepita.

−No es que me lo hayan dicho nunca, pero les he oído hablar por la noche, a mis hijos y a sus esposas, preguntándose qué deberían hacer conmigo. Naturalmente, espiaban mi correspondencia. Yo nunca fui de esas personas que cierran sus cajones con llave... Me parece raro que un hombre no pueda vivir sin llaves en lo que, por lo menos antes, fue su propia casa. Pensaron que aquello era un síntoma de...

Hizo un gesto inconfundible llevándose la mano a la sien.

−Yo tuve carta en una ocasión. Collin, guapo, ponme un poco de zarzamora. −Catherine me señaló la botella−. Sí, es cierto que la recibí; aún la conservo en alguna parte, la he guardado veinte años sin dejar de preguntarme quién me la pudo escribir. Decía: «Hola, Catherine, vente a Miami y cásate conmigo. Te quiero. Bill.»

–Catherine... ¿Un hombre te pidió que te casaras con él y no me dijiste ni una palabra?

Catherine se encogió de hombros.

–Bien, Corazoncito, ¿qué acaba de decir el juez? No se cuenta todo a todo el mundo. He conocido a un montón de hombres que se llamaban Bill, pero no me casaría con ninguno de ellos. Lo que me intriga es saber qué Bill fue el que me escribió la carta. Y eso, sobre todo, porque es la única carta que he recibido en mi vida. Pudo ser el Bill que puso el tejado de mi casa; claro que en la época en que el tejado fue terminado... Dios mío, me he vuelto vieja, y hace ya tanto tiempo, que lo he olvidado. También pudo ser el Bill que vino a arar el jardín, en la primavera de 1913: ¡qué surcos tan rectos araba! O el Bill que hizo el gallinero: se marchó a trabajar en el ferrocarril. Sí, es posible que fuese él quien me escribió la carta. O Bill... no, no, ése se llamaba Fred... Collin, cariño, este zumo es estupendo.

–Yo también tomaría otro traguito –dijo Dolly–. Esta Catherine me ha dado tal...

–Ejem... –dijo Catherine.

–Si hablaras más despacio o mascaras menos... –El juez creía que el algodón con que Catherine se rellenaba las mejillas era tabaco de mascar.

Riley, que se mantenía a cierta distancia de nosotros, se aproximó un poco, aunque con la mirada fija en la poblada oscuridad. «Pi, pi, pi...», gritó un pájaro.

–Yo... Está usted equivocado, señor juez –dijo.

–¿Cómo es eso, hijo?

La expresión de intranquilidad que yo asociaba con Riley invadió su rostro.

–Yo no tengo problemas: no soy nada... ¿o diría usted que ése es mi problema? Me paso horas echado, despierto, pensando en las cosas que sé hacer: cazar, conducir un coche, hacer el tonto de un lado para otro... Y me asusta de veras el pensar que es posible que esto sea lo único que haga en toda mi vida. Otra cosa. No siento nada por nadie, excepto por mis hermanas, lo que es algo distinto. Por ejemplo, he estado saliendo con esa chica de Rock City cerca de un año, el tiempo más largo que he salido con una chica. Creo que fue hace una semana cuando explotó y me dijo: «¿Dónde tienes el corazón?» Y añadió que si no la amaba se moriría. Así que detuve el coche en la vía del tren. «Bien», le dije, «vamos a quedarnos aquí, sentados en el coche. Dentro de veinte minutos pasará el expreso, el Crescent.» No separamos los ojos el uno del otro y todo lo que pensé fue: te estoy mirando y no siento nada, excepto...

–¿Excepto vanidad? –interrumpió el juez.

Riley no lo negó.

–Si mis hermanas hubieran sido mayores, si hubieran tenido la edad suficiente para ocuparse de sí mismas, no me hubiera importado quedarme allí y esperar que el tren pasara sobre nosotros.

Sentí que el estómago me dolía al oírle hablar de ese modo. Tuve ganas de decirle que él era todo lo que yo deseaba llegar a ser.

–Antes se refirió usted a esa persona única en el mundo. ¿Por qué no pude yo pensar así de esa chica? Era lo que yo deseaba. No soy bueno. Tal vez si alguien llegara a importarme de veras podría hacer planes y llevarlos a cabo: comprar ese terreno más allá de Parson Place y construir casas en él... Podría hacerlo si me asentara.

De repente el viento separó las hojas y partió las nubes nocturnas. Las estrellas nos hicieron llegar la lluvia de su luz. Nuestra vela, como intimidada por la incandescente intromisión de aquel cielo cuajado de estrellas, tembló y pudimos ver, desnuda encima de nosotros, una luna menguante invernal que era como un copo de nieve; y criaturas cercanas y alejadas de nosotros parecieron llamarla: sapos jorobados con ojos de luna, un gato salvaje con voz desgarrada. Catherine tomó el edredón rosa e insistió en que Dolly se envolviera en él. Después pasó sus brazos en torno a mí y me rascó cariñosamente la cabeza hasta que la dejé descansar en su regazo. «¿Tienes frío?», me preguntó, y yo me apreté más contra ella. Era tan amable y cálida como nuestra vieja cocina.

–Hijo, yo diría que empezaste mal las cosas –dijo el juez subiéndose el cuello de la chaqueta–. ¿Por qué había de importarte una chica? ¿Te ha importado alguna vez una hoja?

Riley, sin dejar de escuchar al gato salvaje, con la mirada intensa de un cazador, apartó las hojas que el viento arrastraba junto a nosotros como mariposas de medianoche, vivas, temblorosas, como si quisieran escapar y volar. Una se quedó atrapada entre sus dedos. También el juez cogió una hoja, que pareció tener más valor en su mano que en la de Riley. Apretándola suavemente sobre su mejilla dijo distante:

—Estábamos hablando del amor. Una hoja, un puñado de simiente... Empieza con eso, aprende un poco lo que es el amor. Primero una hoja, la caída de la lluvia, después alguien que pueda recibir lo que la hoja te enseñó, lo que maduró la lluvia. No es un proceso fácil, compréndelo: puede exigir toda una vida, como me ocurrió a mí, y aún no he logrado dominarlo ni creo que lo haga nunca... Sólo sé esta verdad tan grande: que el amor es una cadena de amor del mismo modo que la naturaleza es una cadena de vida.

—Entonces —dijo Dolly con una profunda inspiración—, yo he estado enamorada toda mi vida. —Se sumergió en el edredón—. Bueno, no —y su voz se hizo más débil—, supongo que no. Nunca he amado a un... —mientras buscaba la palabra, el viento jugó caprichosamente con su velo— caballero. Puede decirse que nunca tuve la oportunidad. Excepto papá. —Hizo una pausa como si creyera que había hablado demasiado. El resplandor de las estrellas la envolvió más estrechamente que el edredón; algo, los sapos que croaban, el vibrar de voces que llegaban del campo de hierba, la convenció, la persuadió de que debía seguir—: Pero he amado a todo lo demás. Por ejemplo, al color rosa. Dibujaba gatos rosa, árboles rosa... Durante treinta y cuatro años he vivido en un cuarto rosa. Tenía una caja, que debe de estar en algún lugar de la buhardilla; tengo que pedirle a Verena que haga el favor de dármela. Será agradable volver a ver mis primeros amores: un panal seco, un avispero vacío, y otras cosas, como una naranja tachonada de clavos de especia y un huevo de arrendajo... Cuando amaba, el amor se acumulaba en mi interior de tal modo que me hacía volar de un lado a otro como un pájaro en un campo de girasoles. Pero es mejor no demostrarlo demasiado, pues se diría que es una carga para los demás y, no sé por qué, parece hacerlos desgraciados. Verena se burla de mí por lo que considera mi manía de ocultarme en los rincones, pero es que tengo miedo de asustar a la gente si demuestro que me intereso por ellos. Como con la mujer de Paul Jimson. Cuando el marido se puso enfermo y fue incapaz de seguir repartiendo los periódicos, ¿lo recordáis?, ella se hizo cargo del trabajo. Pobrecita, tan poquita cosa, cargada con aquel saco de periódicos. Una tarde muy fría se presentó en el porche de casa con la nariz mojada y los ojos llenos de lágrimas de frío... Dejó el periódico y yo le dije: «Espera un poco.» Saqué el pañuelo para secarle los ojos. Sólo deseaba decirle que lo sentía mucho y que la quería y mi mano rozó su mejilla. Escapó corriendo, escaleras abajo, con un débil grito. A partir de entonces, siempre tira el periódico desde la calle y cuando lo oigo golpear en el porche es como si diera contra mis huesos.

—¡La mujer de Paul Jimson...! ¡Mira que preocuparte por basura como ésa! —exclamó Catherine alzando la boca con el resto de la zarzamora—. Yo tengo una pecera con peces de colores, pero que me gusten los peces no significa que quiera a todo el mundo. Amar causa un montón de líos, ¡narices! Puedes decir lo que quieras, pero no harás más que daño sacando a relucir lo que sería mejor olvidar. La gente debería ser más reservada, guardar sus cosas para sí. La parte más profunda de uno mismo es la mejor de todas. ¿Qué queda de un ser humano que va por ahí contando sus intimidades? El juez ha dicho que todos nosotros estamos aquí porque tenemos algún problema. ¡Tonterías! Estamos aquí por razones muy simples. Una, que ésta es nuestra casa del árbol. Dos, que Esa y el judío trataron de robarnos algo que nos pertenece. Tres, ustedes están aquí, cada uno de ustedes, porque quieren estar, porque así se lo pide la parte más profunda de su ser. Esto último no me afecta a mí. Me gusta tener un techo sobre mi cabeza. Corazoncito, dale al juez una parte del edredón, está tiritando como si estuviésemos en el Día de Difuntos.

Tímidamente, Dolly abrió un poco el edredón y le hizo señas de que se tapara con él. El juez, no tan tímido, se metió debajo inmediatamente. Las ramas del árbol se mecían como enormes remos que se hundieran en un mar agitado y enfriado por las estrellas lejanas, lejanas. Un poco abandonado de todos, Riley estaba sentado, hecho un ovillo, como un huérfano digno de compasión.

—¡Acércate un poco, cabezota, tienes tanto frío como los demás! —dijo Catherine, ofreciendo el mismo lugar a su derecha que yo ocupaba a su izquierda.

No pareció querer aceptar; quizá se había dado cuenta de lo mal que olía Catherine o pensó que era poco varonil acurrucarse de aquel modo. Yo le dije:

—Acércate, Riley, Catherine es buena y cálida, mejor que el edredón.

Al cabo de un momento Riley se acercó a nosotros. Todo quedó en silencio durante tanto tiempo que creí que dormíamos. De pronto advertí que Catherine murmuraba:

—Se me acaba de ocurrir quién me escribió la carta: Bill Nadie. Fue Esa, Esa. Tan seguro como que me llamo Catherine Creek. Esa se encargó de que algún negro echara la carta en Miami, pensando que me largaría corriendo de aquí y no volvería a oír hablar de mí.

—¡Cállate, cállate! —dijo Dolly, medio dormida—. No hay nada que temer, tenemos hombres que cuidan de nosotras.

El viento sacudió una de las ramas. La luz de la luna prendió en el árbol. Vi que el juez tomaba la mano de Dolly. Eso fue lo último que vi.

4

Riley fue el primero en despertar y me despertó a mí. En el horizonte tres estrellas del alba se desvanecían en el arrebol del sol naciente. El roció bañaba de oro las hojas; una bandada de mirlos nadaba en el aire, al encuentro de la luz matutina. Riley me hizo señas de que me fuera con él. Nos deslizamos del árbol en silencio. Catherine, que roncaba con abandono, no nos oyó. Tampoco el juez y Dolly, que, como dos niños perdidos en un bosque embrujado, dormían con las mejillas juntas.

Nos encaminamos juntos hacia el río. Las piernas de Riley, enfundadas en un áspero pantalón de lona, suspiraban al rozar una contra otra. A cada paso se detenía un momento para desperezarse, como quien acaba de bajar del tren después de un largo viaje. De pronto llegamos junto a un nido de hormigas rojas que ya habían comenzado la jornada y se afanaban en su trabajo. Riley se desabrochó la bragueta y se puso a rociarlas; no le vi la gracia, pero me reí para hacerle compañía. Lógicamente, me sentí insultado cuando dirigió el chorro contra mis zapatos. Pensé que de ese modo expresaba su falta de respeto hacia mí. Le pregunté por qué lo hacía. «¿Es que no entiendes una broma?», me dijo, y pasó su brazo sobre mis hombros.

Si tales acontecimientos pudieran situarse en el tiempo, yo diría que aquél fue el momento en que Riley Henderson y yo nos hicimos amigos o, al menos, el instante en que comenzó a nacer en él un sentimiento afectivo hacia mí, que venía a corresponder al que yo sentía por él. Como hermanos de una misma congregación monacal, anduvimos bajo los árboles de color castaño y fuimos adentrándonos por el bosque en dirección al río.

Cual manos escarlatas, grandes hojas flotaban sobre las aguas verdes que se arrastraban perezosas. El extremo carcomido de un tronco casi sumergido en las aguas parecía la cabeza de una extraña bestia fluvial.

Nos acercamos a la barca vivienda, que formaba una especie de remanso donde el agua era más clara. La embarcación estaba ligeramente inclinada, y el agua de las crecidas había dejado una rica costra parda en el techo y el puente. El camarote estaba relativamente bien cuidado, lo cual era desconcertante. En el suelo había algunos números de una revista de aventuras tirados en desorden; algo más allá, sobre una mesa, una lámpara de petróleo y una hilera de botellas de cerveza vacías. En la litera había una manta y una almohada; la almohada tenía manchas rosadas de lápiz de labios. Con un sonrojo me di cuenta de que aquel bote le servía de escondite a alguien; al ver la mueca que se extendía por el rostro amable de Riley, supe en seguida a quién.

–Además, aquí se da bien la pesca –me dijo–. No se lo digas a nadie.

De todo corazón, sentí crecer mi admiración por él.

Mientras nos desnudábamos tuve una especie de sueño. Soñé que la barca vivienda había sido puesta a flote en el río con nosotros cinco a bordo; nuestra ropa colgaba, puesta a secar como velas; en la cocina se cocía un pastel de coco; una maceta de geranios florecía en el alféizar de la ventana... Así, todos juntos, nos deslizábamos flotando sobre diversos ríos que nos ofrecían los más cambiantes paisajes.

El fin del verano estaba todavía presente en los rayos del sol, pero al primer chapuzón el agua me hizo volver, tiritando y con la piel de gallina, a la cubierta, desde donde observé que Riley, que no parecía afectado por el frío de las aguas, nadaba de una a otra orilla. Una isla de tallos de bambú, que se alzaban como patas de grulla, crecía en una charca de aguas poco profundas, y Riley anduvo entre ellos con los ojos escudriñadores y atentos del cazador. Se volvió a mí y me hizo una seña. Aunque sentí auténtico dolor, me sumergí de nuevo en las frías aguas del río y nadé para reunirme con él. El agua, que inclinaba los bambúes, era clara y se dividía formando pequeñas charcas en las cuales el agua llegaba hasta la rodilla. Riley se inclinó sobre una de ellas, en la que había quedado atrapado un siluro, negro como el carbón, que yacía adormilado. Lentamente nos aproximamos a él, con los dedos tensos como horcas; el pez retrocedió un poco y, seguidamente, de un salto, casi se precipitó en mis manos. Sus afilados bigotes, como una navaja de afeitar, me hicieron un corte en la palma de la mano; pero tuve el buen sentido de no soltarlo. ¡Gracias a Dios, pues es el único pez que he capturado en mi vida! La mayor parte de las personas a las que les cuento que cogí un siluro con las manos desnudas no se lo creen; para convencerles, les digo que pueden preguntárselo a Riley Henderson. Atravesamos las agallas del pez con una caña de bambú y regresamos nadando a la barca. Allí, Riley me dijo que era uno de los siluros más grandes que había visto en su vida; nuestra intención era llevárnoslo de regreso al árbol y, puesto que el juez había comentado lo mucho que le gustaba el siluro frito, le diríamos que lo preparara para el desayuno. Pero lo cierto es que aquel pescado no se lo comió nadie.

En aquellos momentos, en el árbol que nos servía de casa la situación era terrible. Durante nuestra ausencia había regresado el sheriff Candle, apoyado por sus ayudantes y una orden de detención. Nosotros, ignorantes de lo que ocurría, andábamos tranquilamente de regreso dando patadas a las setas venenosas y entreteniéndonos en lanzar piedras al agua.

Estábamos todavía a buena distancia cuando nos llegaron voces agitadas que resonaban sobre el árbol como golpes de hacha. Oí gritar a Catherine; o mejor, rugir. Me flaquearon las piernas hasta el punto en que no pude seguir el paso de Riley, que tomó un palo y echó a correr. Yo corrí en zigzag, desorientado, y debí de dar un rodeo inútil antes de encontrarme al borde del pastizal. Y allí vi a Catherine.

Su vestido estaba desgarrado por la parte delantera, de modo que prácticamente iba desnuda. Los ayudantes del sheriff, Ray Oliver, Jack Mill y Eddie Stover, el Largo, tres hombres crecidos, golpeaban y arrastraban a Catherine por la hierba. Hubiera querido matarlos. Y Catherine también, pero no tenía muchas posibilidades, aun cuando les golpeaba con la cabeza y los codos. Eddie Stover, el Largo, había nacido legalmente bastardo; los otros, si no de nacimiento, lo eran de condición. Fue Eddie el Largo quien se lanzó hacia mí, y yo le crucé la cara con mi pescado.

Catherine gritó:

—¡Deja en paz a mi niño! ¡Es huérfano!

Cuando vio que sus palabras no servían de nada y el hombre me agarraba por la cintura, me aconsejó:

—En los huevos, Collin, dale una patada en los huevos.

Así lo hice, y el rostro de Eddie el Largo se contrajo con un gesto de dolor. Jack Mill (el que un año más tarde quedó encerrado en la fábrica de hielo y murió congelado, ¡lo tenía bien merecido!) trató de cogerme, pero corrí por la pradera y me escondí agazapándome donde la hierba era más alta.

No creo que se molestaran en buscarme, pues tenían bastante con ocuparse de Catherine, que no dejaba de resistirse y luchar mientras se la llevaban. Y yo tuve que verlo lleno de rabia, sintiéndome mareado a causa de mi impotencia para prestarle ayuda, hasta que se perdieron al otro lado del cementerio.

Sobre mi cabeza pasaron graznando dos grajos que giraron y volvieron a pasar como un mal presagio diabólico. Me arrastraba hacia el bosque cuando oí cerca las pisadas de unas botas que aplastaban la hierba. Era el sheriff. Junto a él iba un hombre llamado Will Harris. Ancho como una puerta, con los hombros de un búfalo, Will Harris fue atacado en cierta ocasión por un perro furioso que le mordió el cuello, del que le arrancó un pedazo. Las cicatrices ya eran suficientemente horribles, pero su voz, afectada por la lesión de las cuerdas vocales, era todavía peor. Sonaba como una mezcla de llanto de bebé y atiplada voz de enano. Pasaron tan cerca de mí que hubiera podido atar los cordones de los zapatos de Will, que, con su voz aguda, le estaba gritando el sheriff algo; entre sus palabras reconocí el nombre de Verena y el de Morris Ritz. Sólo entendí que algo había ocurrido en relación con Morris Ritz y que Verena había enviado a Bill para hacer regresar al sheriff. Este comentó:

–¿Qué puñeta quiere esa mujer, todo un ejército?

Cuando se alejaron me puse en pie de un salto y corrí en dirección al bosque.

Al tener nuestro árbol al alcance de mi vista me

escondí tras una mata de helechos: pensé que era posible que alguno de los hombres del sheriff estuviera todavía rondando por allí. Pero no había nadie, tan sólo un pájaro solitario cantaba en una rama. Tampoco había nadie en la casa del árbol; como fantasmas, los rayos de luz iluminaron su vacío. Confuso, salí de mi escondite y apoyé la cabeza en el tronco del árbol. Entonces volvió a mi mente la visión de la barca vivienda: nuestra ropa tendida agitada por el viento, los geranios en flor y el río deslizante llevándonos en sus aguas hasta el mar y el mundo.

–¿Collin? –Mi nombre cayó del cielo–. ¿Eres tú? ¿Estás llorando?

Era Dolly, que me llamaba desde un lugar que no podía ver; así que trepé al centro del árbol y, a cierta distancia por encima de mí, vi el zapato, como de niña, de Dolly que pendía oscilante.

–¡Cuidado, muchacho! –dijo el juez, que estaba a su lado–, si te mueves mucho nos vas a hacer caer.

Como gaviotas posadas en el mástil de un buque, el juez y Dolly estaban sentados en la misma copa del árbol; más tarde Dolly diría que la vista que se disfrutaba desde allá arriba era tan encantadora que lamentaba no haber subido con anterioridad. Según supe después, el juez había visto aproximarse al sheriff y sus hombres con tiempo suficiente para buscar refugio en las alturas.

–Espera, ya bajamos –dijo Dolly, y, sujetada de un brazo por el juez, descendió como una señora distinguida pudiera hacerlo por una escalera de mármol.

Nos besamos, Dolly continuó explicándome lo ocurrido sin dejar de abrazarme:

—Ella... Catherine fue a buscarte. No sabíamos por dónde andabas y estaba tan asustada... Yo...

Su miedo latió en mis manos; era como un pequeño animalito tembloroso, como un conejo al que se acaba de liberar de una trampa. El juez me miró con los ojos humildes y las manos inseguras. Quizá se sentía así porque pensaba que nos había fallado al no poder evitar lo que le había ocurrido a Catherine. Pero ¿qué podía haber hecho? Si hubiese acudido en su ayuda le hubieran cogido también a él. No, no eran tontos, el sheriff, Eddie Stover y los otros. Yo era el único que debía sentirse culpable. Si Catherine no hubiera ido en mi búsqueda, lo más posible es que no la hubiesen cogido. Les conté lo que había pasado en la pradera.

Dolly no quería oírme. Como si tratara de sacudirse un mal sueño, se echó el pelo hacia atrás.

—Quisiera creer que Catherine ha escapado, pero no puedo. Si pudiera, iría corriendo a buscarla. Quisiera creer que Verena ha organizado todo esto, pero no puedo. Dime la verdad, Collin, ¿es el mundo realmente tan perverso? ¡Anoche lo veía todo tan diferente!

El juez fijó sus ojos en los míos. Creo que estaba tratando de decirme cómo debía responder. Pero yo lo sabía ya por mí mismo. Sean cuales fueren las pasiones que los conforman, todos los mundos privados son buenos, nunca son lugares vulgares; el mundo propio de Dolly, el mundo que compartía con Catherine y conmigo, la había vuelto demasiado civilizada para apreciar los vientos de crueldad y de perversión que circulaban por todas partes.

—No, Dolly, el mundo no es malvado.

Se pasó la mano por la frente.

—Si fuera verdad lo que dices, en este momento Catherine estaría aquí, bajo el árbol... No os hubiera encontrado a ti o a Riley, pero habría regresado.

—A propósito —preguntó el juez—, ¿dónde *está* Riley?

Lo último que sabía de él era que había echado a correr delante de mí; la misma ansiedad nos conmovió a ambos simultáneamente, al juez y a mí, y nos pusimos de pie y empezamos a gritar su nombre. Nuestras voces se ciñeron en torno al bosque y una y otra vez el eco nos devolvió tan sólo silencio. Yo sabía lo que había ocurrido: Riley podía haber caído en alguno de esos pozos abiertos por los indios... como sucedió en muchos otros casos que conocía... Estaba a punto de sugerir mi idea cuando de repente el juez se llevó el dedo a los labios. Aquel hombre debía tener el oído de un perro; yo no logré oír nada en absoluto. Pero tenía razón. Alguien se acercaba por la senda. Resultó que se trataba de Maude Riordan y la hermana mayor de Riley, la más elegante e inteligente, Elizabeth. Las dos chicas eran buenas amigas y vestían jerséis blancos que les sentaban muy bien. Elizabeth llevaba un estuche de violín.

—¡Aquí, Elizabeth, mira aquí arriba! —le dijo el

juez, asustando un poco a las muchachas, que aún no nos habían visto–. Estamos aquí, muchacha. ¿Has visto a tu hermano?

Maude fue la primera en recuperarse de la sorpresa y también fue ella la que respondió:

–Pues claro que le hemos visto –dijo enfáticamente–. Acompañaba a Elizabeth a casa para la lección de música, cuando nos tropezamos con Riley, que llegaba a cien por hora... Casi nos atropelló. ¡Deberías hablar con él, Elizabeth...! Bueno, lo cierto es que nos pidió que viniéramos aquí y les dijéramos que no se preocupen por nada. Añadió que ya se lo explicaría después. ¡Quién sabe lo que querrá decir!

Maude y Elizabeth habían ido al mismo curso que yo, pero como perdí un curso me adelantaron y se habían graduado en el mes de junio anterior. Conocía especialmente bien a Maude porque durante un verano estuve recibiendo lecciones de piano de su madre; su padre era profesor de violín y Elizabeth Henderson era una de sus alumnas. Por lo que respecta a Maude, tocaba el violín maravillosamente; una semana antes leí en el periódico local que la habían invitado a tocar en un programa de radio en Birmingham, y me alegró mucho saberlo. Los Riordan eran buena gente, amables, considerados y atentos. Que yo acudiera a tomar lecciones de piano no se debía a mi interés por la música, sino más bien a que la joven me resultaba simpática; me gustaba su carácter dulce y educado, que se manifestaba en su conversación cuando charlábamos un rato antes de sentarme al piano vertical que olía a barniz y a cuidado; pero lo que me gustaba más era lo que venía después, al acabar la lección, cuando Maude me ofrecía una limonada en el fresco porche de la parte de atrás de la casa. Era una muchacha de nariz pequeña y respingona y orejas puntiagudas, delgada y excitable, que había heredado de su padre, irlandés, los ojos profundamente negros y de su madre el pelo color platino, pálido como el alba... No se parecía en nada a su mejor amiga, la sentimental y morena Elizabeth. No sé de qué podrían hablar entre ellas, tal vez de música y libros; pero cuando Maude hablaba conmigo, el tema de conversación solía ser los chavales, sus citas, chismes de cafetería: ¿no me parecía horrible que Riley saliera continuamente con aquellas muchachas tan espantosas, que siempre iban detrás de él? Se sentía triste por Elizabeth y le parecía estupendo que, pese a la conducta de su hermano, Elizabeth siempre se mantuviera digna y orgullosa. No hacía falta ser un genio para darse cuenta de que Maude estaba loca por Riley; sin embargo, hubo un tiempo en que creí estar enamorado de ella. En casa la mencionaba tanto que, finalmente, un día Catherine dijo: «Oh, Maude Riordan, es demasiado flaca, no hay un solo lugar en su cuerpo donde se le pueda dar un pellizco; el hombre que pierda el tiempo con ella debe de estar loco.» En una ocasión invité a salir a Maude, a lo grande: le regalé un ramillete de flores que yo mismo recogí y la llevé al Café de Phil, donde tomamos unos bistés al estilo de Kansas City; después hubo baile en el Hotel Lola. Sin embargo, al despedirnos no me quiso besar.

–No creo que sea necesario, Collin... Aunque ha sido muy amable por tu parte el invitarme.

Todo se enfrió un poco, como es lógico, a partir de entonces, pero yo no quise tomar aquello demasiado en serio, y realmente nuestra amistad no cambió gran cosa. Un buen día, al finalizar una clase, la señora Riordan omitió decirme la pieza que debía practicar en casa y, en vez de ello, me informó de que prefería no continuar dándome lecciones.

–Te queremos mucho, Collin. No tengo que decirte que siempre serás bienvenido en esta casa, pero, querido, la verdad es que no tienes talento para la música; es algo muy frecuente, y no creo que sea noble por nuestra parte ni por la tuya pretender otra cosa.

Tenía razón, lo que no fue obstáculo para que me sintiera herido en mi amor propio; me sentía rechazado y una pena profunda me invadía al pensar en los Riordan, pero gradualmente, al mismo tiempo que olvidaba aquellas melodías aprendidas a medias, se fue corriendo un telón entre ellos y yo. Al principio, Maude acostumbraba detenerse para hablar conmigo y me pedía que la acompañara a casa, pero de un modo u otro lograba escabullirme; sobre todo porque era invierno y me gustaba más irme a la cocina de casa con Dolly y Catherine. Esta siempre pretendía sonsacarme: «¿Cómo es que ya no hablas nunca de Maude Riordan?» Yo le respondía que no tenía nada que decir, eso era todo; pero aunque no la mencionaba, la verdad era que pensaba en ella.

95

Al menos, al verla allí, bajo el árbol, los antiguos sentimientos se agitaron en mi pecho. Por primera vez tuve plena conciencia de nuestra situación: ¿no éramos Dolly, el juez y yo una visión extraña y ridícula para Maude y Elizabeth. Bien podían juzgarme, ya que tenían mi misma edad. Pero se comportaron como si nos hubieran encontrado en la calle o en una tienda.

—¿Cómo está tu padre, Maude? He oído decir que no se encontraba bien últimamente —dijo el juez.

—No tiene de qué quejarse, pero ya sabe usted cómo son los hombres, siempre creen estar enfermos. ¿Y cómo se encuentra usted, señor?

—Es una pena —contestó el juez, al que parecía habérsele ido el santo al cielo—. Dale recuerdos a tu padre y dile que espero que se mejore.

Maude accedió amablemente:

—Así lo haré, señor, muchas gracias. Sé que apreciará sus buenas intenciones.

Sujetándose la falda, se acomodó en el musgo e hizo que se sentara a su lado una Elizabeth poco predispuesta. Nadie llamó nunca a Elizabeth con un mote o un diminutivo; era posible intentarlo y llamarla Betty, pero al cabo de una semana se la volvería a llamar Elizabeth. Esto era consecuencia de su aspecto: lánguida, desmadejada, tenía el cabello negro, austero, y un rostro apático, casi santo a veces. Un camafeo de esmalte que colgaba de su cuello esbelto encerraba un retrato en miniatura de su padre misionero.

—Mira, mira, Elizabeth, ¿no ves qué bien le sienta

ese sombrero a la señorita Dolly? Es de terciopelo, con un velo.

Dolly se irguió; se pasó la mano por la cabeza.

−Generalmente no suelo llevar sombrero... pensábamos irnos de viaje.

−Hemos oído decir que ha dejado su casa −dijo Maude, y continuó con mayor franqueza−: La verdad es que en el pueblo no se habla de otra cosa, ¿no es verdad, Elizabeth?

Elizabeth asintió sin demasiado entusiasmo:

−Sí, es gracioso, circulan algunas historias bastante divertidas. Cuando veníamos hacia aquí nos encontramos con Gus Ham y nos dijo que esa mujer de color, Catherine Creek, ¿no es ése su nombre?, había sido detenida por golpear a la señora Buster en la cabeza con un jarro de barro.

En tono compungido Dolly alegó:

−Catherine no tuvo nada que ver con eso.

−Supongo que alguien debió hacerlo −dijo Maude−. Hemos visto a la señora Buster esta mañana, en correos, y le estaba mostrando a todo el mundo el enorme chichón de su cabeza. Nos pareció auténtico, ¿no es verdad, Elizabeth? −Elizabeth bostezó−. Lo cierto es que no me importa nada lo que le pase; quien se lo hizo merece una medalla.

−No −suspiró Dolly−, no debería haber ocurrido, no es digno. Creo que todos vamos a sentirlo mucho.

Por fin, Maude pareció darse cuenta de que yo estaba allí.

−Queríamos verte, Collin −dijo apresuradamente, como si tratara de ocultar cierto embarazo, mío, no suyo−. Elizabeth y yo estamos preparando una fiesta para celebrar el Día de Difuntos, una fiesta verdaderamente de miedo. Se nos ha ocurrido que sería una buena idea que te disfrazaras de esqueleto y te pusiéramos en una habitación oscura para que le adivinaras el porvenir a la gente. Tú eres muy bueno en esas...

−Mentiras −dijo Elizabeth con aparente desinterés.

−Eso es la buenaventura −corroboró Maude.

No sé cómo se les ocurrió aquella idea de que yo podía ser un buen adivino o que tuviera especial capacidad para inventar mentiras, a no ser por el hecho de que en la escuela siempre mostré talento para buscarme buenos pretextos que justificaran mis móviles. Les dije que la idea de la fiesta me parecía muy bien.

−Pero creo que será mejor que no contéis conmigo. Es posible que para entonces todos estemos en la cárcel.

−Claro, claro, si es así... −aceptó Maude, como si fuera una de mis usuales excusas para no ir a su casa.

−Dime, Maude −intervino el juez, ayudándonos a salir del silencio que había caído sobre nosotros−, creo que vas a convertirte en una celebridad. He leído en el periódico que actuarás en la radio.

Como si soñara en voz alta, nos explicó que la emisión era el final de una competición a nivel estatal. Si ganaba, el premio era una beca para estudiar música en la universidad. Incluso un segundo premio significaría media beca.

–Voy a tocar una obra de papá –nos dijo–, una serenata que escribió para mí el día de mi nacimiento. Pero esto es una sorpresa. No quiero que él lo sepa.

–Decidle que la toque para vosotros –dijo Elizabeth abriendo la caja del violín.

Maude fue generosa y no se hizo rogar. El violín de color vino se colocó, mimoso, bajo su mentón y empezó a gorjear cuando Maude inició la melodía. Una mariposa descarada, que se había posado sobre el arco, voló describiendo una espiral cuando éste empezó a rozar las cuerdas cantando una música que parecía una ventisca de mariposas, un primaveral castillo de fuegos artificiales, dulce al oído en el nudoso bosque otoñal. Luego se hizo más lento, triste, y los cabellos de plata de la muchacha casi cubrieron el violín. Aplaudimos. Cuando nos detuvimos oímos el ruido de otras dos palmas que aplaudían: era Riley, que salió de detrás de una mata de helechos. Al verle, las mejillas de Maude se ruborizaron. No creo que hubiera podido tocar tan bien de haber sabido que él la estaba escuchando.

Riley envió a las chicas de regreso a casa; se mostraron reacias a irse, pero Elizabeth no estaba acostumbrada a desobedecer a su hermano.

–Cierra las puertas –le dijo a su hermana–. Y a ti, Maude, te agradecería que te quedases a pasar la noche en casa. Si alguien pregunta por mí, le decís que no sabéis dónde estoy.

Tuve que ayudarle a subir al árbol, pues había traído consigo su escopeta y una mochila llena de provisiones: una botella de licor de rosas y pasas, naranjas, sardinas, escalopas, salchichas de Frankfurt, bollos y diversas golosinas y galletas. La aparición de todos aquellos alimentos despertó nuestros ánimos decaídos, y Dolly, conmovida al ver las galletas, dijo que Riley se merecía un beso.

No obstante, cuando Riley nos informó de lo que ocurría, le escuchamos con rostro serio.

Después que nos separamos en el bosque, acudió al lugar en que había oído gritar a Catherine, es decir, a la pradera. Escondido, fue testigo de mi enfrentamiento con Eddie Stover, el Largo. Le pregunté por qué no me había ayudado.

—Te las estabas arreglando bien; no creo que Eddie el Largo te olvide tan pronto: pobre hombre, no podía ponerse derecho y tuvo que ir encorvado todo el camino de vuelta.

Por otra parte, se le ocurrió que hasta entonces nadie sabía que era uno de los nuestros, que también estaba en el árbol. Tuvo razón al permanecer escondido, pues eso le permitió seguir a Catherine y a los ayudantes del sheriff a la ciudad. La metieron en el asiento de atrás, descubierto, del roadster anticuado de Eddie el Largo y la llevaron directamente a la cárcel.

—Para cuando llegaron, Catherine parecía haberse calmado. Había bastante gente rondando por allí, chicos y algunos campesinos viejos. Deben sentirse orgullosos de Catherine, que marchó entre la gente

recogiéndose el vestido roto y con la cabeza alta...
¡así!

Ilustró sus palabras alzando la cabeza hasta formar un ángulo orgulloso, como una reina. ¡Cuántas veces había visto a Catherine hacer ese gesto, sobre todo cuando alguien la criticaba por esconder las piezas del rompecabezas, chismorrear en exceso o negarse a visitar al dentista y ponerse dientes postizos! Dolly reconoció el ademán y tuvo que sonarse para disimular su emoción ante nosotros.

Riley continuó:

—Pero tan pronto estuvo dentro de la cárcel empezó de nuevo a armar jaleo.

En la cárcel sólo había cuatro celdas, dos para personas de color y las otras dos para blancos. Catherine puso el grito en el cielo porque la hicieron entrar en una de las celdas reservadas para los negros.

El juez se acarició la barbilla y movió la cabeza.

—¿No tuviste oportunidad de hablar con ella? —preguntó—. Se hubiera sentido más animada al saber que uno de nosotros estaba allí.

—Me quedé un rato rondando por allí, confiando en que se asomara a la ventana. Pero entonces me enteré de las otras noticias.

Cuando pienso en ello, no entiendo cómo Riley no vino corriendo a contárnoslo. Porque, ¡Dios mío!, nuestro viejo amigo de Chicago, el odioso doctor Morris Ritz se había escapado de la ciudad, tras desvalijar la caja de caudales de Verena, llevándose doce mil dólares en bonos negociables y más de setecientos en efectivo que había en ella. Después nos enteraríamos de que eso sólo fue la mitad del botín total con que había escapado. Al oír el relato de Riley, comprendí lo que Will Harris le estaba contando al sheriff, con su vocecita aguda, cuando pasaron junto a mí por la pradera. No, no tenía nada de extraño que Verena hubiese enviado a buscar al sheriff de manera tan urgente. Ante aquellas desagradables circunstancias, sus problemas con nosotros pasaron a segundo plano.

Riley nos amplió algunos detalles: se había enterado de que, tan pronto como Verena descubrió la puerta reventada de su caja de caudales (la tenía en la oficina instalada en el piso superior de su droguería), salió corriendo a toda velocidad hacia el Hotel Lola, que estaba a la vuelta de la esquina, para encontrarse allí con que Morris Ritz había pedido la cuenta la noche anterior y se había ido. Se desmayó, la reanimaron y volvió a perder el conocimiento.

El rostro suave y amable de Dolly se ensombreció; nació en ella una urgente necesidad de olvidarlo todo y correr al lado de su hermana. Pero al mismo tiempo un profundo sentimiento orgulloso se lo impedía.

—Es mejor que te enteres ahora, Collin —me dijo—, sin que tengas que esperar a ser tan viejo como yo: el mundo es una porquería.

Un escalofrío conmovió al juez, como si sobre él pasara una débil ráfaga de viento; en aquel momento pareció recuperar su edad real, otoñal, desnuda, como si creyera que Dolly, al aceptar la maldad, hubiese renegado de él. Yo sabía que no era así. El juez había llamado a Dolly «espíritu», pero en realidad no era más que una mujer.

Riley descorchó la botella de licor y vertió parte de su contenido color topacio en cuatro vasos. Al cabo de un momento llenó un quinto vaso: el de Catherine.

El juez se llevó la copa a los labios tras proponer un brindis:

—¡Por Catherine, para que conserve su confianza y valor!

Todos alzamos los vasos.

Dolly se volvió hacia mí.

—¡Oh, Collin —exclamó—, tú y yo éramos los únicos capaces de entender algo de lo que ella decía!

5

El día siguiente, que era miércoles y primero de octubre, no lo olvidaré jamás.

Todo empezó mal: Riley me despertó al pisarme los dedos y Dolly, que ya estaba despierta, insistió en que le pidiera disculpas por maldecirle. La cortesía, me dijo, es mucho más importante por la mañana que a cualquier otra hora del día, sobre todo cuando se convive en un alojamiento tan reducido como el nuestro. El reloj del juez, que continuaba pendiendo de la ramita como una pesada manzana de oro, nos dijo que eran las seis y seis. No sé quién tuvo la idea, pero desayunamos naranjas, galletas saladas y salchichas frías. El juez afirmó con un gruñido que nadie puede sentirse completamente humano antes de haber tomado una taza de café caliente. Estuvimos de acuerdo en que el café era precisamente lo que todos más echábamos de menos. Riley se ofreció voluntario para ir en su coche a la ciudad y traerlo; al mismo tiempo, tendría oportunidad de fisgonear un poco y enterarse de lo que pasaba. Sugirió que podía acompañarle.

—Nadie podrá verle si se agacha y se queda escondido en el asiento.

Aunque el juez objetó que aquello era una locura, Dolly intuyó que yo deseaba ir. Siempre ansié acompañar a Riley en su coche; ahora que la oportunidad se me ofrecía me sentía excitadísimo, pese a la perspectiva de que nadie lo vería.

—No me parece mal que vayas —dijo Dolly—. Pero tienes que cambiarte la camisa. En el cuello de la que llevas podrían plantarse nabos.

La pradera estaba sin voz, ni rumor de faisanes, ni agitación furtiva alguna. Las puntiagudas hojas de la hierba estaban aguzadas y tenían el color rojo sangre de las flechas tras una batalla, y se rompían bajo nuestros pies con un crujido seco cuando rodeábamos la colina hacia el cementerio. Desde allí la vista era magnífica. La temblorosa superficie sin límites del bosque de River y, más allá de la esbelta torre del edificio de los tribunales y de las chimeneas humeantes del pueblo, casi cien kilómetros de tierras cultivadas, ondulantes, salpicadas de molinos de viento. Me detuve junto a las tumbas de mis padres. No solía visitarlas con frecuencia, me deprimían las lápidas, frías, pétreas... tan distintas de todo lo que yo recordaba de ellos, su vitalidad, los lloros de mi madre cuando mi padre se marchaba a vender sus frigoríficos, cómo él corrió desnudo a la calle cuando ella murió. Me hubiera gustado tener flores para ponerlas en los jarrones de terracota que estaban tristemente vacíos sobre el mármol rayado y sucio. Riley me ayudó; cortó unos capullos de un rosal de China, y mientras contemplaba cómo yo los arreglaba me dijo:

—Me alegro de que tu madre fuera una mujer tan buena. No encuentras más que zorras por todas partes.

Me pregunté si se refería a su propia madre, la pobre Rose Henderson, que le obligaba a saltar a la pata coja por el jardín de su casa recitando la tabla de multiplicar, aunque me parecía que Riley había superado ya esos duros días. Tenía un coche que se decía que había costado unos tres mil dólares. De segunda mano, claro. Era un coche extranjero, un Alfa Romeo deportivo (el Alfa de Romeo, bromeaban), que le había comprado en Nueva Orleans a un político que fue a parar a la cárcel.

Corrimos en el coche por la carretera sin pavimentar en dirección al pueblo. Yo no perdía la esperanza de que alguien nos viese, de que hubiera algún testigo que pudiese confirmar que había ido con Riley en su coche. Hubiera dado todo mi corazón porque determinadas personas me hubiesen visto. Pero era demasiado temprano para que nadie estuviera por las calles; el desayuno seguía todavía al fuego y el humo salía de las chimeneas de las casas junto a las que pasábamos. Giramos en la esquina de la iglesia, atravesamos la plaza y aparcamos en el sucio callejón que discurre entre los establos de Cooper y la panadería Katydid. Allí me dejó Riley, con órdenes de no moverme. No tardaría más de

106

una hora en volver, me dijo. Así que, tumbado sobre el asiento, escuché el bullicio de los gorriones que picoteaban en el heno del establo, respiré el aroma del pan recién cocido y traté de adivinar de qué eran los otros olores que salían por la puerta de la panadería. El matrimonio dueño de aquella panadería –su apellido era County: el señor y la señora C. C. County– tenía que comenzar su jornada a las tres de la mañana para estar listos y poder abrir las puertas de su establecimiento a las ocho. Era un negocio próspero y limpio. La señora County podía permitirse comprar los vestidos más caros que vendía Verena.

Mientras estaba en el coche, disfrutando de aquellos buenos olores, se abrió la puerta de atrás de la panadería y el señor County, escoba en mano, barrió los restos de harina hacia el callejón. Supongo que se sorprendió al ver aparcado allí el coche de Riley y más aún al verme en su interior.

–¿Qué haces por aquí, Collin?

–Nada de particular, señor County –le respondí mientras, internamente, me preguntaba si estaba enterado de nuestros problemas.

–Me parece que vamos a tener un excelente octubre –dijo frotando el aire con sus dedos como si pensara que el frío que se tejía en él fuera una tela que se pudiera tocar–. Hemos tenido muy mal tiempo este verano. Aquí dentro, con el horno, el calor se hacía insoportable. Mira, hijo, en la tienda hay un bollo de jengibre esperándote; así que entra y acaba con él.

El señor County no era la clase de hombre capaz de hacerme entrar en su tienda para llamar al sheriff.

Su esposa me recibió cariñosamente, junto al horno, caliente y aromático, como si no pudiera haber para ella cosa más placentera que mi visita. Muy pocas serán las personas que no sientan cariño y simpatía por la señora County. Una mujer fuerte y nada amiga de cumplidos, con tobillos de elefante, brazos bien desarrollados y un rostro musculoso, permanentemente encendido y en el cual destacaban sus ojos azules como las aguas heladas; su cabello daba la sensación de que acababa de meter la cabeza dentro de un barril de harina. Llevaba un delantal que le llegaba hasta la punta de los pies. Su esposo también llevaba uno; en más de una ocasión, con el delantal puesto, le había visto cruzar la calle para tomarse una cerveza y descansar un rato charlando con los otros hombres que se reunían en la esquina del Café de Phil: parecía un payaso pintado, torpe, empolvado y elegantemente anguloso.

La señora County despejó un lugar de su mesa de trabajo y me puso delante una taza de café y unos bollos de canela todavía calientes, de aquellos que tanto le gustaban a Dolly. El señor County sugirió que tal vez yo prefería otra clase de dulces en vez de los bollos.

–Le había prometido... ¿qué te había prometido? ¡Ah, sí! Un bollo de jengibre de esos que tienen forma de hombre.

Su mujer sacudió un trozo de masa.

–Eso es para niños, Collin es ya un adulto, o casi. ¿Cuántos años tienes, Collin?

–Dieciséis.

–Los mismos que Samuel –dijo refiriéndose a su hijo, al que todos llamaban el Mulo, pues no podía decirse que fuera una lumbrera.

Les pregunté cómo estaba, porque el otoño anterior, después de haber repetido tres veces el octavo curso, marchó a Pensacola y se alistó en la Marina.

–Está en Panamá, eso es lo último que sabemos de él –dijo la señora County estirando la masa hasta convertirla en una fina capa de pasta para empanadillas–. No recibimos muchas cartas. Le he escrito diciéndole que o escribe más a casa o seré yo quien le escriba al presidente diciéndole exactamente la edad que tiene. ¿No lo sabes?, se alistó en la Marina con datos falsos. Cuando lo supe me puse furiosa y le eché las culpas al señor Hand en la mismísima escuela. La razón de que se fuese era que no podía aguantar estar siempre en el octavo curso, tan alto y mayor, entre aquellos chiquillos pequeñajos. Pero ahora me doy cuenta de que el señor Hand tenía razón: no sería justo para los demás que dejara pasar a Samuel a otro curso o lo aprobara si no sabía lo suficiente. Al fin y al cabo, quizá esto sea lo mejor para él. C. C., enséñale a Collin la fotografía.

Estaba retratado sobre un fondo de palmeras y de mar auténtico, con otros tres marineros, de pie y cogidos del brazo. Al pie de la fotografía había escrito: «Dios bendiga a papá y mamá. Samuel.» Me irritó pensar que el Mulo estaba viendo mundo y a mí se me ofrecía un pastelillo como si fuera un crío. Cuando les devolví la foto, el señor County me dijo:

—Soy partidario de que un muchacho sirva a su patria. Lo peor de todo es que, precisamente, Samuel iba a estar pronto en condiciones de poder echarnos una mano aquí. No me gusta en absoluto depender de la ayuda de jornaleros negros, siempre mintiendo y robando. Nunca sabes si van a hacer las cosas bien o mal.

—No entiendo cómo C. C. puede hablar de ese modo —dijo su mujer apretando los labios—. Sabe que me pone furiosa. Las gentes de color no son peores que los blancos. En algunos casos incluso son mejores. Yo he tenido ocasión de decírselo así a mucha gente del pueblo. Es como ese asunto de la vieja Catherine Creek. Me da náuseas. Es posible que esté un poco chiflada y sea un tanto rara, pero es una buena mujer, si las hay. Lo que me hace recordar que había pensado enviarle una bandeja de comida a la cárcel. Apostaría a que el sheriff no le ofrece una buena mesa.

Las cosas, cuando cambian, por poco que sea, ya no vuelven a ser lo que fueron: el mundo ya nos conocía; nunca más volveríamos a disfrutar del calor hogareño. Me pareció ver el invierno aproximándose a un árbol frío; lloré, lloré y me sentí atrapado, rechazado, como un viejo trapo destrozado y empapado por la lluvia. Desde que abandonamos la casa había estado deseando llorar. La señora County me pidió perdón por si había dicho algo capaz de disgustarme. Me secó el rostro con su delantal de cocina lleno de manchas y nos echamos a reír, no tuvimos más remedio que hacerlo, al comprobar el estado en que había quedado mi cara gracias a la masa, la harina y mis lágrimas; me sentí, como se suele decir, mucho mejor, como si me hubiera quitado un peso del corazón. Por razones de orgullo varonil que comprendo, pero que no me avergüenzan, el señor County se sintió mortificado por mi explosión sentimental y se había retirado a la parte delantera de la tienda.

La señora County se sirvió un poco de café y se sentó.

–No pretendo saber lo que pasa –dijo–. Por lo que he oído, la señorita Dolly ha dejado de ocuparse de la casa porque tuvo ciertas desavenencias con Verena, ¿no es así?

Me hubiera gustado decirle que la situación era más complicada, pero cuando traté de poner en orden los acontecimientos, acabé preguntándome si realmente lo era.

–Es posible que esto suene como si estuviera hablando contra Dolly, pero no es así –continuó pensativa–. Sólo digo lo que siento: sería mejor que volvierais a casa, y Dolly debería hacer las paces con Verena. Eso es lo que ha estado haciendo toda su vida, y ahora ya es mayor para cambiar las cosas. Además da mal ejemplo al pueblo: dos hermanas que se pelean y una de ellas se va a vivir a un árbol... ¡Y el juez Charlie Cool! Por primera vez en mi vida siento pena al pensar en sus hijos. Los ciudadanos más destacados de una población deben saber comportarse, pues, si no es así, la comunidad se desmorona. Hablando de otra cosa, ¿has visto el carromato que hay en la plaza? ¿No?, pues no estaría de más que le echaras una mirada. Se trata de una familia de vaqueros. C. C. dice que son evangelistas. Todo lo que sé es que han causado gran revuelo y también hablan de Dolly. —Enfadada, sopló en una bolsa de papel para abrirla—. Quiero que le digas que vuelva a casa. Aquí tienes, Collin, unos cuantos bollos de canela. Ya sé lo mucho que le gustan a Dolly.

Cuando dejé la panadería el reloj de los tribunales daba las ocho, lo que quería decir que eran las siete y media. Ese reloj siempre iba media hora adelantado. En una ocasión trajeron a un experto para que lo arreglara. Al cabo de casi una semana de intentos de repararlo su recomendación fue que lo volaran con dinamita. El concejo votó que debía pagarse al relojero como si hubiera hecho su trabajo, pues se había despertado en todos una especie de orgullo al ver que el reloj se mostraba tan incorregible.

En torno a la plaza varios comerciantes se preparaban para abrir sus establecimientos. Se barrían las entradas, y el ruido de algunos barriles al ser hechos rodar rompió el silencio de las calles frías y parsimoniosas, como un gato perezoso. En Early Bird, una tienda de comestibles mejor que la de Verena, Jitney Jungle, dos muchachos de color estaban decorando el escaparate con latas de piña hawaiana. En la parte sur de la plaza, tras los bancos de mimbre donde en todas las estaciones del año se sentaban pacíficos ancianos cada día más cerca de la muerte, pude ver el carromato del que me habló la señora County; en realidad era un viejo camión con una cubierta de lona para darle el aspecto de las antiguas carretas del Oeste. Su solitaria presencia en medio de la plaza vacía resultaba melancólica y absurda. Un cartel de fabricación casera sobresalía encima del vehículo como la aleta dorsal de un tiburón; en él podía leerse: «Deja que el Pequeño Homer Honey capture con su lazo tu alma para el Señor.» En el otro lado se había pintado una cabeza agresiva, verdosa y gesticulante, coronada por un enorme sombrero de vaquero. No se me hubiera ocurrido pensar que tratase de representar nada humano, pero según decía debajo aquello era el «Niño Prodigio Pequeño Homer Honey». Sin nada más que ver, pues no había nadie en torno al camión, me dirigí hacia la cárcel, un edificio cúbico de ladrillo situado en la misma calle, al lado de la Ford Motor Company. Había estado dentro en una ocasión. Me llevó Eddie Stover, el Largo, con una docena más, entre chicos y hombres. Entró en la droguería y dijo: «Venid a la cárcel si queréis ver algo bueno.» La atracción era un muchacho gitano, guapo y esbelto, a quien habían cogido viajando de polizón en un tren de mercancías. Eddie el Largo le dio un cuarto de dólar y le dijo que se bajara los pantalones: nadie podía creer el tamaño de su miembro, y uno de los hombres dijo:

—Muchacho, ¿cómo es posible que te tengan encerrado teniendo una palanca como ésa?

Durante semanas pudo saberse cuáles eran las chicas que habían oído el chiste: cuchicheaban y reían entre dientes cada vez que pasaban delante de la cárcel.

Un emblema poco corriente decoraba uno de los muros laterales de la cárcel. Le pregunté a Dolly qué era, y me dijo que recordaba que en su juventud aquello fue un anuncio de caramelos. Si fue así, ahora las letras habían desaparecido: lo que quedaba era una especie de cálido tapiz con dos ángeles de color rosado como las patas de un flamenco, que parecían nadar tocando sus trompetas sobre un enorme cuerno de la abundancia lleno de caramelos como una cesta navideña; bordado en los ladrillos, parecía un desvaído mural, un ligero tatuaje, y los rayos del sol hacían revolotear a los ángeles aprisionados como si fueran las ánimas de los delincuentes.

Sabía el riesgo que corría al acercarme allí, poniéndome al descubierto, pero pasé y dejé atrás la cárcel y después volví a pasar, silbé y llamé en voz baja, «Catherine, Catherine», esperando que esto la hiciera asomarse a la ventana. Reconocí en seguida cuál era la de su celda: en el alféizar, reflejando la luz al otro lado de los barrotes, pude ver la redonda pecera con los peces de colores que, como supimos después, había pedido que le llevaran a la cárcel. El resplandor anaranjado de los peces nadando en torno al castillo de coral me hizo pensar en la mañana en que ayudé a Dolly a buscar el castillo y las cuentas. Ese fue el principio; con un escalofrío repentino

114

al pensar en cuál podría ser el final si Catherine se asomaba y miraba abajo, rogué a Dios que no se asomara a la ventana: de haberlo hecho, no hubiera visto a nadie, porque di media vuelta y salí corriendo.

Riley me tuvo esperando en el coche durante más de dos horas. Para cuando regresó, estaba de un mal humor tal que no me atreví a mostrarle el mío. Al parecer había ido a su casa y se encontró a sus hermanas, Anne y Elizabeth, y a Maude Riordan, que había pasado allí la noche, todavía en la cama y sin hacer nada; y no sólo eso, sino que la sala de estar estaba llena de botellas de refresco vacías, y de colillas. Maude cargó las culpas sobre sí misma y confesó haber invitado a algunos chicos a oír música y bailar. Sin embargo, las castigadas fueron sus hermanas. Las sacó de la cama y las azotó. Le pregunté qué significaba realmente eso de que las había azotado. «Las puse sobre mis rodillas y les pegué con una zapatilla de tenis», me respondió. No pude imaginarme gráficamente la escena, que se daba de patadas con mi idea de la dignidad de Elizabeth. «Eres demasiado duro con esas chicas», dije, y añadí, vengativo, que Maude era la peor. Me tomó en serio y me dijo que tenía razón y que también había intentado pegarle a ella, aunque sólo fuera porque le había dedicado unos insultos que no le hubiera permitido a nadie. Pero no pudo hacerlo porque se escapó por la puerta de atrás. Pensé en mi interior que quizá Maude había conseguido por fin que mordiera el anzuelo.

El pelo generalmente descuidado de Riley estaba

bien peinado y pegado con brillantina; el chico olía a agua de lilas y polvos de talco. No tuvo necesidad de decirme que había estado en la peluquería ni por qué.

Por aquella época llevaba la peluquería un tipo excepcional, que ya está retirado: Amos Legrand. Algunos hombres, como el sheriff, y desde luego también Riley Henderson, y muchos otros, cuando se referían a él le llamaban «el viejo marica». Pero lo hacían sin mala intención, pues a la mayor parte de la gente Amos le caía bien y no le deseaban nada malo. Era tan bajo que tenía que subirse en un cajón para poder cortar el pelo, bullicioso y parlanchín como un par de castañuelas. Llamaba «cariño» a todos sus clientes, hombres o mujeres, sin hacer diferencias.

—Cariño —solía decir—, ya era hora de que te cortaras el pelo; estaba a punto de regalarte un paquete de horquillas.

Amos tenía un tremendo don: podía hablar y hablar de temas que interesaban tanto a los hombres de negocios como a las chicas de diez años... Hablaba de cualquier cosa, desde el precio que había obtenido Ben Jones por su cosecha de cacahuetes hasta quién sería invitado a la fiesta de cumpleaños de Mary Simpson.

Resultaba comprensible y natural que Riley hubiera ido a su barbería para enterarse de las últimas novedades. Desde luego, me las repitió con pelos y señales, pero yo podía imaginarme a Amos, con su voz como el zumbar de las alas de un colibrí:

—Ya lo ves, cariño, eso es lo que ocurre cuando

uno deja su dinero tirado por ahí. Y tenía que ocurrirle precisamente a Verena Talbo, de quien todos pensábamos que tan pronto tenía un dólar corría a meterlo en el banco. Doce mil setecientos dólares. Y parece que esto no es todo; se dice que Verena y el doctor Ritz iban a hacer algún negocio juntos y por esa razón adquirieron la vieja fábrica de conservas. Y resulta que Verena le había dado otros diez mil dólares para que comprara maquinaria, ¡Dios sabe qué!, y al parecer no se gastó ni un solo centavo. Se lo metió todo en el bolsillo. Y nadie ha encontrado ni rastro de él. Ya debe de estar en Sudamérica, y dudo mucho que den con él. Nunca me atrevería a insinuar que hubiera nada entre ellos, pero Verena Talbo estaba últimamente un tanto rara. Cariño, ese judío es el peor caso de caspa que he visto en una cabeza humana. Una mujer tan lista como ella y a lo mejor *estaba* colada por él. Y encima todo ese jaleo con su hermana. No me extraña que el doctor Carter tenga que ponerle tantas inyecciones. Pero lo más raro es lo de Charlie Cool, ¿por qué se le habrá ocurrido irse así, como si quisiera adelantar su muerte?

Nuestro coche volaba cuando dejamos el pueblo. Plum, plum... los insectos reventaban contra el parabrisas. El día azul, seco y almidonado, silbaba a nuestro alrededor, no había ni una sola nube; sin embargo, yo sentía en los huesos el presagio de una tormenta. Esa es una molestia propia de los viejos, pero bastante rara entre los jóvenes: es como si el ruido apagado de un trueno te resonara en las coyunturas. Por el dolor que sentía, tenía que estar aproximándose un huracán cuando menos, y así se lo dije a Riley, que me respondió: «¡Vamos, hombre, estás loco, mira el cielo!» Estábamos haciendo una apuesta cuando, al tomar la curva peligrosa que llevaba al cementerio, Riley se asustó y pisó fuertemente el freno. Patinamos el tiempo suficiente para pasar detallada revista a nuestras vidas.

No fue culpa de Riley; en el centro de la carretera y marchando con la lentitud de una vaca paralítica estaba el camión del Pequeño Homer Honey. Con un ruido de maquinaria que se derrumba, se produjo una brusca detención. En un momento el chófer descendió: era una mujer.

No era joven, pero había cierta gracia en el contorno de sus caderas y sus senos rozaban y se movían contra la blusa de color melocotón de modo subyugante. Llevaba una falda pantalón de gamuza y botas vaqueras con tacón alto, lo cual era un error, pues todo parecía indicar que sus piernas, si hubieran estado completamente expuestas, serían la mejor parte de su cuerpo. Se apoyó en la portezuela del camión. Sus párpados cayeron como si no pudieran soportar el peso de las pestañas; con la punta de la lengua se humedeció los labios, muy rojos.

—¡Buenos días, muchachos! —nos dijo, y su voz era grave, lenta y casi sin inflexiones—, quisiera que me indicarais una dirección.

—¿Qué demonios le pasa? —exclamó Riley, que había recuperado la confianza en sí mismo—. Ha estado a punto de hacernos volcar.

—Me sorprende que te atrevas a decir una cosa así —respondió la mujer, agitando amablemente su cabeza alargada; su pelo, de color albaricoque increíblemente artificial, estaba cuidadosamente rizado, y sus rizos, al agitarse, parecían cascabeles, pero sin música—, ibas muy deprisa, querido —le reprochó con cierta complacencia—. Supongo que hay alguna ley que lo prohíbe. Hay leyes contra todo, especialmente aquí.

Riley le replicó:

—Debería haber una ley contra ese camión. A un montón de chatarra como ése no se le tendría que permitir circular.

—Ya lo sé, querido —se rió la mujer—, te hago un cambio si quieres, aunque me temo que no cabríamos todos nosotros en ese coche, incluso vamos ya un poco apretujados en este carromato. ¿Me das un cigarrillo? Eres una monada, gracias.

Mientras encendía el cigarrillo me di cuenta de lo ajadas que estaban sus manos: eran ásperas y llevaba las uñas sin pintar; una de ellas estaba negra, como si se la hubiera pillado con una puerta.

—Me han dicho —añadió tras encender el cigarrillo— que siguiendo este camino podemos encontrar a la señorita Talbo, Dolly Talbo. Parece que se ha ido a vivir a un árbol. Me gustaría que tuvieras la amabilidad de indicarnos dónde...

Poco a poco, del camión fue bajando todo un orfelinato. Chiquillos que apenas podían sostenerse sobre sus piernas torcidas de bebé, con cabezas de estopa y los mocos colgando, chicas con edad suficiente para usar sostenes y un grupo de chicos, algunos con la estatura de hombres adultos. Conté hasta diez, incluyendo una pareja de mellizos bizcos y un bebé con pañales atendido por una chiquilla que no pasaba de los cinco años. Y todavía, como los conejos que surgen del sombrero de un prestidigitador, continuaron saliendo, multiplicándose hasta que la carretera estuvo densamente poblada.

–¿Todos son suyos? –pregunté ansioso, pues en un nuevo recuento llegué a los quince.

Un chico de unos doce años, con gafas de fina montura de acero, iba de un lado a otro con un gran sombrero vaquero que le hacía parecer un champiñón con piernas. La mayoría de los miembros de la familia llevaba alguna pieza de indumentaria vaquera, botas o, cuando menos, un pañuelo de rodeo al cuello. Pero era un grupo de aspecto más bien descorazonador, y enfermizo también, como si llevaran años viviendo sólo de patatas cocidas y cebollas. Se apelotonaron en torno al coche, tranquilos y apagados como fantasmas, con excepción de los más pequeños, que tocaban los faros y golpeaban los parachoques.

–Puedes estar seguro, querido: todos míos –respondió dando un golpe con la palma de la mano en la cabeza de una de las niñas que trataba de trepar por su pierna–, aunque a veces pienso que he recogido en alguna parte uno o dos que no me pertenecen –añadió, encogiéndose de hombros, y varios de los niños sonrieron. Parecían adorarla–. Algunos de los padres han muerto, pero supongo que los demás siguen vivos... en alguna parte. Pero eso no es asunto nuestro. Supongo que no estuvisteis en mi reunión de anoche. Soy la Hermana Ida, la madre del Pequeño Homer Honey.

Quise saber cuál de aquellas criaturas era el Pequeño Homer. Dirigió la mirada a su alrededor y señaló al muchacho de los lentes, que, vacilante bajo su enorme sombrero vaquero, nos saludó:

—¡Que Jesucristo os bendiga! ¿Queréis un silbato?

Sin esperar respuesta, infló los carrillos y sopló en un silbato.

—Con uno de ésos —explicó la madre, echando hacia atrás su cabello—, se asusta al Demonio. Además tienen un buen número de usos prácticos.

—Veinte centavos —ofreció el chiquillo. Tenía una cara preocupada y pequeña, blanca como la crema de maquillaje. El sombrero se le hundía hasta las cejas.

Le hubiera comprado uno de haber tenido dinero. Podía verse que estaban hambrientos. Riley pensó lo mismo y en seguida sacó cincuenta centavos y compró dos silbatos.

—¡Bendito seas! —dijo Pequeño Homer, que se puso la moneda entre los dientes y la mordió con fuerza.

—Es que corre mucha moneda falsa estos días —nos confió la madre como disculpando a su hijo—. En nuestro trabajo no hay demasiados problemas de este tipo —añadió suspirando—. Bueno, si nos queréis indicar dónde... No podemos ir mucho más lejos; estamos a punto de quedarnos sin gasolina.

Riley le explicó que estaba perdiendo el tiempo.

–Aquí ya no hay nadie –le dijo poniendo en marcha el motor de su coche. Otro conductor, que había quedado bloqueado detrás de nosotros, estaba tocando el claxon.

–¿No están en el árbol? –Su voz tenía un tono de súplica sobre el rugir impaciente del motor–. Entonces, ¿dónde podemos encontrarla? –Trataba de evitar con sus manos que el coche siguiera adelante–. Tenemos negocios muy importantes, nosotros...

Riley hizo arrancar el coche de un tirón. Mirando hacia atrás, los vi observándonos entre la nube de polvo que se levantaba en la carretera. Le dije a Riley, intrigado por su conducta, que deberíamos haber averiguado qué querían de Dolly.

Y él me respondió:

–Creo que ya lo sé.

Riley sabía muchas cosas, pues Amos Legrand le había informado detalladamente sobre el asunto de la Hermana Ida. Aun cuando ella no había estado en nuestra ciudad con anterioridad, Amos, que de vez en cuando hacía algún que otro viajecito, dijo que la había visto una vez en una feria, en Bottle, un pueblo no muy lejano del nuestro. Al parecer tampoco era una desconocida para el reverendo Buster que, en el momento de su llegada, había corrido a buscar al sheriff para exigir que se le prohibiera a la «troupe» del Pequeño Homer Honey que celebrara reunión alguna. Los llamó estafadores y añadió que la que se hacía llamar Hermana Ida era conocida en seis estados como una puta infame: ¡quince hijos y ni la menor señal de marido! Amos también estaba seguro de que nunca había estado casada, aunque en su opinión una mujer tan industriosa merecía respeto. El sheriff respondió que ya tenía suficientes problemas. Y dijo además que tal vez aquellos locos habían tenido la idea justa, subirse a un árbol y ocuparse de sus propios asuntos... por cinco centavos estaba dispuesto a unirse a ellos. El viejo Buster le dijo que si no se sentía con fuerzas para seguir siendo sheriff lo que tenía que hacer era devolver su placa. Mientras tanto, la Hermana Ida, sin interferencia legal alguna, convocó una reunión vespertina, en la que las oraciones se mezclarían con los trucos para sacarles dinero a los espectadores bajo los robles de la plaza. Los evangelistas eran populares en nuestro pueblo por la música y porque ofrecían la posibilidad de cantar y reunirse al aire libre. La Hermana Ida y su familia tuvieron un gran éxito; incluso Amos, generalmente bastante contrario a tales espectáculos, le dijo a Riley que se había perdido algo grande; aquellos niños gritaban hasta desgañitarse, y que el Pequeño Homer Honey hacía más contorsiones que un botón bailando y retorciéndose al final de una hebra. Todo el mundo lo pasó estupendamente, menos el reverendo Buster y su mujer, que acudieron dispuestos a armar jaleo. Lo único que consiguieron fue que los niños extendieran el tendedero de Dios, una cuerda con pinzas de sujetar la ropa en la cual los asistentes podían colgar sus limosnas. Gentes que jamás dejaban una moneda de cinco centavos en el cepillo del reverendo Buster colgaron allí billetes de dólar. Eso fue demasiado para él, así que se fue corriendo a la casa de Talbo Lane y mantuvo una breve y agitada conversación con Verena, cuyo apoyo, según se había dado cuenta, le resultaba necesario si quería entrar en acción. De acuerdo con lo que contaba Amos, el reverendo incitó a Verena contándole que una pícara evangelista describía públicamente a Dolly como una mujer pagana y enemiga de Jesús y que Verena estaba obligada, por respeto al apellido Talbo, a hacer que aquella mujer abandonara el pueblo. Lo más probable era que la Hermana Ida jamás hubiese mencionado el nombre de Dolly ni el apellido Talbo, pero en su enfermizo estado Verena fue convencida fácilmente y se puso en acción; telefoneó al sheriff y le dijo: «Mira, Junius, quiero ver cómo esos vagabundos cruzan la línea fronteriza y se largan de nuestro condado.» Eran órdenes, y el viejo Buster creyó su deber cerciorarse de que se cumplían. Acompañó al sheriff a la plaza donde la Hermana Ida y su prole estaban limpiando después de la reunión. Todo aquello terminó en una buena bronca, pues el reverendo acusó a Ida de conseguir ganancias ilegales y exigió que le entregara el dinero colgado en el tendedero de Dios. Y se hizo con él, aunque al mismo tiempo se ganó algunos arañazos. No sirvieron de nada los muchos presentes que se pusieron de parte de Ida: el sheriff le dijo a la Hermana que quería verla fuera del pueblo antes del mediodía siguiente. Le pregunté a Riley, tras oír su relato, por qué no había intentado ayudar a aquellas gentes a las que habían tratado tan injustamente. Nunca hubiera imaginado la respuesta que me dio: con toda seriedad me dijo que una mujer como aquélla no merecía tener ninguna relación con Dolly.

Un fuego de ramas menudas chisporroteaba bajo el árbol; Riley recogió algunas hojas para animarlo, mientras el juez, con los ojos irritados por el humo, se dedicó a la tarea de preparar nuestra comida de mediodía. Nosotros, Dolly y yo, formábamos el grupo de los indolentes.

−Tengo miedo −dijo, mientras jugábamos a cartas−; tengo verdadero miedo de que Verena no vuelva a ver su dinero. Y ¿sabes, Collin?, dudo que sea la pérdida de dinero lo que más le duela. Por la razón que sea Verena confió en él, en el doctor Ritz quiero decir. Sigo acordándome de lo que ocurrió con Maudie Laura Murphy, la muchacha que trabajó en correos. Ella y Verena tuvieron una amistad muy estrecha. ¡Dios mío, qué duro fue para ella cuando Maudie Laura se fue con aquel vendedor de whisky y se casó con él! No puedo criticarla, era normal que se casara con él si le quería. Lo mismo ha ocurrido ahora, Maudie Laura y el doctor Ritz han sido las dos únicas personas en las que Verena depositó su confianza en toda su vida y ambas... eso es algo que puede romperle el corazón a cualquiera.

Barajó las cartas con atención y me preguntó:

—Antes dijiste algo sobre Catherine.

—De sus peces de colores. Los vi en la ventana.

—Pero no a Catherine.

—No, los peces de colores, eso es todo. La señora County fue extremadamente amable; me dijo que le mandaría algo de comer a la cárcel.

Dolly rompió uno de los bollos de canela y se comió las pasas.

—Collin, supón que dejamos que hagan las cosas a su gusto, que cedemos, quiero decir... Tendrán que dejar libre a Catherine, ¿no es así? —Levantó los ojos hacia la copa del árbol, como si buscara un camino entre las hojas trenzadas—. ¿Crees que... que debo ceder? —añadió.

—Eso es lo que piensa la señora County, que debemos volver a casa.

—¿Dijo por qué?

—Porque... añadió... siempre estuviste allí, siempre hiciste las paces.

Dolly sonrió y se alisó la larga falda. Como a través de una criba, los rayos luminosos pusieron anillos de sol en sus dedos.

—¿Es que podía hacer otra cosa? Necesitaba la posibilidad de elegir, para saber si hubiera podido llevar otra clase de vida, basada en mis propias decisiones. Eso me habría dado paz y felicidad.

Descansó sus ojos en la escena que se desarrollaba abajo: Riley rompiendo la leña y el juez inclinado sobre el puchero humeante.

—Tenemos también al juez, a Charlie. Si cedemos

tendríamos que abandonarle, lo que no está bien. Sí
—entrelazó sus dedos con los míos—, me es muy querido...

Una pausa inmensa alargó el instante; el corazón
me daba vueltas, el árbol pareció plegarse en sí
mismo como un paraguas que se cierra.

—Esta mañana, mientras estabais fuera, me pidió
que me casara con él.

Como si la hubiese oído, el juez se irguió y un
gesto de estudiante revivió la juventud de su rostro
rústico. Saludó con la mano, y la expresión de arro-
bo de Dolly al devolverle el saludo fue algo difícil de
olvidar. Era como si se acabara de limpiar un retrato
familiar y al volverlo a mirar se descubrieran en sus
colores nuevas tonalidades, más carnales y sensua-
les, hasta entonces desconocidas. Podrían pasar muchas cosas, pero Dolly nunca más volvería a ser una
sombra desvaída en un rincón.

—Y ahora... no te sientas desgraciado, Collin —me
dijo, reprendiéndome, creo, porque había advertido
mi enojo.

—Pero ¿vas a...?

—Nunca gocé del privilegio de poder pensar por
mí misma; cuando llegue a hacerlo, si Dios quiere,
sabré lo que está bien. —Hizo una pausa y añadió—:
¿A quién más has visto en la ciudad?

Hubiera inventado a alguien, cualquier historia
para retenerla, pues parecía que se adentraba sola
en el futuro, mientras yo, incapaz de seguirla, me
quedaba abandonado a mí mismo. Cuando le hablé
de la Hermana Ida, se la describí, con el carromato y

los hijos, le conté sus problemas y querellas con el sheriff y cómo nos la habíamos encontrado en la carretera preguntando por la señora que vivía en el árbol. Dolly y yo volvimos a hallarnos y deslizarnos unidos de nuevo, como las aguas de un río que, por un instante, quedaron separadas por una isla. Aun cuando hubiera sido muy malo para mí que Riley oyera cómo le traicionaba, llegué hasta el extremo de contarle lo que él me había dicho de que una mujer como la Hermana Ida no era compañía adecuada para Dolly.

Se echó a reír abiertamente al oírlo, pero en seguida añadió, con repentina seriedad:

—Ha sido una acción perversa, Collin... Quitarle el pan de sus hijos usando mi nombre para ello. ¡Debiera darles vergüenza! —Se alisó el cabello con determinación—. Collin, baja; tú y yo vamos a dar un paseíto. Apostaría cualquier cosa a que esa gente sigue todavía en el mismo lugar en que los dejasteis. Por lo menos, vamos a ver si es así.

El juez trató de evitarlo o, cuando menos, insistió en que si Dolly quería dar un paseo, él debía acompañarnos. Me sentí bastante aliviado en mis celos rencorosos cuando Dolly le dijo que era mejor que se ocupara de sus cosas y que, con Collin a su lado, se sentía lo suficientemente segura... Sólo queríamos estirar un poco las piernas.

Como de costumbre, no había forma de hacer que Dolly se apresurase. Era su costumbre, incluso cuando llovía, caminar despacio como si estuviese paseando ociosa por los caminos de un jardín, con los ojos siempre dispuestos a descubrir cualquier precioso tallo medicinal, una ramita de poleo, de albahaca o de menta, hierbas útiles cuyo olor impregnaba sus ropas. Era siempre la primera en descubrirlo todo y su auténtica vanidad consistía en jactarse de que por lo general era ella la que daba con cosas tales como la anilla de registro de un pájaro o un reguero de carámbanos... Siempre estaba llamando para que acudiéramos a ver la nube en forma de gato, el buque en las estrellas, el rostro de la escarcha.

De ese modo tan lento cruzamos la pradera: Dolly reunió un puñado de dientes de león secos y una pluma de faisán. Pensé que se habría puesto el sol antes de que llegáramos a la carretera.

Afortunadamente, no tuvimos que ir tan lejos: a la entrada del cementerio nos encontramos con la Hermana Ida y toda su familia acampados entre las tumbas. Un lúgubre campo de juego. Los gemelos bizcos estaban siendo sometidos a sendos cortes de pelo por sus hermanas mayores y Pequeño Homer se limpiaba las botas con escupitajos y hojas; otro chico, bastante crecidito, estaba sentado, con la espalda descansando en la lápida de una tumba, extrayendo notas melancólicas de una guitarra. La Hermana Ida daba de mamar a su bebé, que estaba apretado contra su pecho como una oreja rosada. No se levantó al advertir su presencia y Dolly le dijo:

—Creo que está usted sentada sobre mi padre.

En realidad era así, se trataba de la tumba del señor Talbo, y la Hermana Ida, dirigiéndose a la tumba (Uriah Fenwick Talbo, 1844-1922, Buen Soldado, Esposo Amado, Padre Querido), dijo:

—¡Lo siento, soldado!

Abrochándose la blusa, lo que hizo que el niño empezara a llorar, empezó a levantarse.

—No, no lo haga; sólo quería presentarme.

La Hermana Ida se encogió de hombros.

—De todos modos ya empezaba a dolerme. —Y se frotó el lugar apropiado—. Otra vez tú —dijo al verme, con expresión divertida—. ¿Dónde está tu amigo?

—Me parece que... —Dolly se detuvo, desconcertada por el montón de chiquillos que la rodeaban— quería usted verme —continuó tratando de no hacer caso de un chiquillo, no mucho mayor que una coneja, que le había levantado un poco la falda y trataba de verle las piernas—. Soy Dolly Talbo.

Cambiando al bebé de pecho, la Hermana Ida pasó un brazo por la cintura de Dolly, casi abrazándola, y le dijo, como si fueran antiguas amigas:

—Sabía que podía contar contigo, Dolly. ¡Niños —levantó al bebé como si fuera una batuta—, decidle a Dolly que nunca dijimos nada malo de ella!

Los chiquillos movieron la cabeza negativamente y murmuraron un no ininteligible. Dolly pareció emocionada.

—No podemos irnos del pueblo —explicó la Hermana Ida, y mientras le contaba sus quejas, me hubiera gustado tener una fotografía de ellas juntas: Dolly seria, formal, pasada de moda con el sombrero de velo que cubría su rostro; la Hermana Ida con sus labios jugosos y su figura amable y divertida—. Es cuestión de dinero: me lo han quitado todo. Debería hacer que detuvieran a ese tipo, Buster, con su cara de asco, y al sheriff como se llame, que se cree King Kong. —Aspiró profundamente; sus mejillas parecían una mancha de frambuesa—. La verdad, la pura verdad, es que estamos sin un centavo. Incluso si hubiéramos oído contar algo de ti no es nuestra costumbre hablar mal de nadie. ¡Oh!, ya sé que ése fue solamente el pretexto, pero creía que podrías aclarar las cosas y...

—Yo soy la persona menos adecuada... ¡pobre de mí! —dijo Dolly.

—Pero ¿qué se puede hacer con apenas tres litros de gasolina, si es que llega, quince bocas que alimentar y un dólar y diez centavos? Estaríamos mejor en la cárcel.

—Tengo un amigo —anunció Dolly con orgullo—, un hombre brillante que conocerá la respuesta. —Por la placentera convicción que había en su voz tuve la seguridad de que lo creía al ciento por ciento—. Collin, adelántate y dile al juez que esperamos invitados a comer.

A toda velocidad, saltando más que corriendo, crucé el prado con la hierba azotándome las piernas; no podía esperar para ver la cara del juez al saber la noticia. No mostró desencanto.

—¡Santo Dios de la Justicia! —exclamó balanceándose atrás y adelante—. ¡Dieciséis personas! —Al contemplar la pequeña cantidad de estofado que hervía en el fuego, sacudió la cabeza.

Para calmar a Riley, le dije que yo no tenía nada que ver con el encuentro de Dolly con la Hermana Ida; Riley se quedó quieto, sin decir nada, pero sin dejar de mirarme con sus ojos escrutadores, y, seguramente, hubiera habido algo más que buenas palabras entre nosotros si el juez no nos hubiera obligado a entrar en acción. Animó el fuego; Riley fue a buscar agua y en el estofado pusimos sardinas, salchichas, hojas de laurel verde y, en realidad, todo lo que teníamos al alcance de la mano e incluso un bote de galletas que el juez dijo que ayudaría a espesar el guiso; algunas otras cosas fueron a parar al potaje, por ejemplo, granos de café. Tras conseguir ese estado de euforia nerviosa de los cocineros en las reuniones familiares, tuvimos las agallas de apartarnos del fuego y congratularnos mutuamente. Riley estaba dándome un codazo de camaradería y perdón cuando el primero de los chicos hizo acto de presencia y el juez los asustó con la fortaleza de su bienvenida.

Ninguno de ellos se atrevió a adelantarse hasta que todo el grupo se hubo reunido, tras lo cual Dolly, aprensiva como una mujer que ofrece los resultados de una tarde en una subasta, les hizo adelantarse para ser presentados. Los críos fueron diciendo sus nombres: Beth, Laurel, Sam, Lillie, Ida, Cleo, Kate, Homer, Harry... al llegar aquí la melodía quedó rota porque una de las chiquillas se negó a dar su nombre y dijo que se trataba de un secreto. La Hermana Ida dijo que si la niña pensaba que era un secreto, debía continuar siéndolo.

—Son todos tan asustadizos —dijo, impresionando favorablemente al juez con su voz grave y sus pestañas largas como tallos de hierba.

El juez prolongó el apretón de su mano y se excedió en su sonrisa, lo cual me molestó y me pareció una conducta un tanto rara en un hombre que no hacía siquiera tres horas le había pedido a otra mujer que se casara con él. Confié en que si Dolly se daba cuenta de ello, le daría calabazas. Pero Dolly se dirigía ya a la Hermana Ida:

—¡Claro que tienen que estar asustados, y hambrientos hasta no poder más!

El juez, con una palmada cordial y un gesto expresivo, les señaló el guiso y les prometió que muy pronto estaría listo. Mientras tanto, insinuó, sería una buena idea que los niños se encaminaran al arroyo y se lavaran las manos. La Hermana Ida añadió que deberían lavarse algo más que las manos. Y los chicos, podría jurarlo, respondieron con un gesto afirmativo.

Surgió un problema cuando la pequeña que había querido conservar su nombre en secreto se negó a ir, a menos que su papá la llevara a cuestas.

—Tú también eres mi papá —le dijo a Riley, que sin contradecirla se la puso sobre los hombros; la chica se sujetó a él como si fuera muerta de miedo.

Durante el camino hasta el arroyo, la niña le fue poniendo las cosas cada vez más difíciles y por fin le tapó los ojos con sus manitas, lo que hizo que Riley tropezara con una raíz. Enfadado, le dijo que ya tenía bastante y que se bajara de sus hombros, y eso hizo que la niña desgarrara el aire con su llanto hasta que, finalmente, le ofreció:

—Por favor, si me llevas, te diré mi nombre secreto.

Más tarde le pregunté a Riley cuál era su nombre, y resultó ser Gasolina Texaco, porque estaba formado por dos palabras muy bonitas.

En el arroyo el agua no llegaba nunca por encima de la rodilla. Brillantes bancos de musgo verdeaban las orillas, y en primavera, bajo las gotas de nieve del rocío, florecían violetas enanas que se ofrecían como alimento a las nuevas abejas cuyas colmenas colgaban en los remansos del río. La Hermana Ida buscó un lugar adecuado para supervisar el baño desde la orilla.

—Nada de trucos... quiero veros a todos en acción.

Y lo hicimos. De repente, muchachas en edad de casarse corrieron de un lado a otro tal como su madre las trajo al mundo; los muchachos, pequeños y mayores, hicieron lo mismo, y todos se bañaban juntos, desnudos como polluelos. Menos mal que Dolly se había quedado atrás con el juez; me hubiera gustado que Riley tampoco hubiera venido, porque su azoramiento me embarazaba. Hasta hoy no he comprendido, al ver el hombre que ha llegado a ser, la razón de su paradójico exceso de escrúpulo en aquella época: deseaba tanto ser una persona respetable, que la falta de respeto hacia sí mismo en los demás parecía, en cierto modo, recaer sobre él.

Esos famosos paisajes de juventud y riachuelos

en el bosque... Cuántas veces, en los años que siguieron, al recorrer las frías salas de los museos, me he detenido frente a un cuadro que me traía a la memoria aquellos momentos intensamente vividos, aquella escena pasada que recordaba, no como realmente fue, un grupo de chicos y chicas con la piel de gallina, chapuzándose en un riachuelo otoñal, sino como el cuadro la representaba: muchachos robustos y chicas como diamantes de agua jugueteando en el río. Y nunca dejo de preguntarme a qué parte del mundo habrá ido a parar aquella extraordinaria familia.

—Vamos, Beth, mete la cabeza en el agua. Deja de salpicar, Laurel, también me refiero a ti, Buck, para de incordiar. Esto va para todos, lavaos detrás de las orejas, sólo Dios sabe cuándo tendréis otra vez una oportunidad como ésta...

Pero poco después Ida, más calmada, dejó en libertad a los críos.

—En un día como éste... —Se sentó sobre el musgo y miró a Riley con toda la luminosidad de sus ojos—. Hay en ti algo especial: la boca, las orejas separadas... ¿tienes un cigarrillo, querido? —le preguntó, sin molestarse por el disgusto que Riley demostraba ante ella. Una mueca agradable recorrió su rostro y le devolvió por un momento su aspecto juvenil—. En un día como éste...

»... pero en un lugar más triste, sin árboles dignos de este nombre, una casa en un trigal y solitaria como un espantajo. No es que me queje: allí estaban papá y mamá y mi hermana Geraldine, y teníamos de todo, animales domésticos y un piano, y nuestras voces eran agradables. No quiero decir que las cosas fueran fáciles con todo aquel pesado trabajo y sólo un hombre para hacerlo. Y por si fuera poco papá siempre estaba enfermo. Era muy difícil conseguir jornaleros, pues nadie quería quedarse mucho tiempo en un lugar tan apartado; encontramos a un tipo de edad del que esperamos mucho, pero se emborrachó y trató de incendiar la casa. Geraldine tenía dieciséis años, uno más que yo, y era muy bonita, las dos lo éramos, y se le ocurrió casarse con un hombre para que compartiera el trabajo con papá. Pero donde estábamos no había muchas posibilidades de elección. Fue mamá quien nos enseñó lo poco que sabíamos, pues el pueblo más próximo y la escuela estaban a más de quince kilómetros. El pueblo se llamaba Youfry, bautizado con el apellido de una familia: se hallaba en una montaña y en verano acudía allí mucha gente bien a pasar las vacaciones. Así que aquel verano del que hablo Geraldine consiguió trabajo de camarera en el Hotel Lookout de Youfry. Yo solía hacer autostop los sábados y me iba a pasar la noche con ella. Era la primera vez que salíamos de casa. A Geraldine no le importaba la vida de la ciudad, pero yo esperaba la llegada de los sábados como si cada uno de ellos fuera Navidad y mi cumpleaños era un solo día. Había un pabellón de baile que no costaba un centavo, la música era gratuita y había luces de colores. Ayudaba a Geraldine en su trabajo, para poder marcharnos antes, y cogidas de la mano corríamos calle abajo. Empeza-

136

ba a bailar antes de haber recuperado la respiración por la carrera. Nunca tuve que esperar mucho para que me sacaran, pues había cinco chicos por cada chica y, además, mi hermana y yo éramos las más bonitas. A mí los chicos no me volvían loca, lo que me gustaba era bailar... En ocasiones la gente se ponía de pie para verme bailar un vals. Yo nunca le dedicaba más de una mirada a mi compañero, pues lo cambiaba con rapidez. Los chicos nos seguían después hasta el hotel y nos llamaban desde debajo de la ventana: «¡Vamos, vamos, salid un rato!», y los estúpidos se ponían a cantar... Eso estuvo a punto de costarle el empleo a Geraldine. Bien, nos acostábamos y, sin dormirnos, nos poníamos a considerar la noche de modo práctico. Mi hermana no tenía nada de romántica; lo que a ella le interesaba saber era cuál de nuestros cortejadores estaba en condiciones de ayudarnos mejor en la casa. Decidió que era Dan Rainey. Era mayor que los demás, veinticinco años, no era guapo, tenía orejas de soplillo, pecas y un mentón más bien hundido, pero a su manera era inteligente y, sobre todo, lo suficientemente fuerte como para echarse al hombro un saco de cien kilos. A finales del verano vino a casa a ayudar a papá a recoger la cosecha. A papá le cayó bien desde el principio y mamá, pese a que dijo que Geraldine era aún muy joven, no se opuso demasiado. Yo lloré en la boda, pero creo que fue porque pensaba en que se habían acabado mis noches de baile y porque Geraldine y yo jamás volveríamos a acostarnos juntas y charlar perezosamente en la cama. Tan pronto como Dan Rainey se hizo cargo de las cosas, todo pareció ir bien; consiguió sacar lo mejor del campo y quizá también lo mejor que había en nosotros. Excepto cuando llegó el invierno y nos sentábamos junto al fuego y en ocasiones el calor hacía que me sintiera desvanecer. Me iba al patio sin más abrigo que mi vestido y era como si no pudiera sentir frío por haberme convertido en parte de él, y cerraba los ojos y me ponía a bailar dando vueltas de vals. Una noche, no le oí llegar, Dan Rainey me tomó entre sus brazos y en broma se puso a bailar conmigo. Pero realmente no fue una broma. Sentía algo por mí. Volviendo atrás con el pensamiento sé que lo supe desde el principio. El no me lo dijo y yo tampoco se lo había preguntado nunca, y no hubiera pasado nada si Geraldine no hubiera perdido a su bebé. Ocurrió en la primavera. Geraldine tenía miedo cerval de las serpientes, y fue la vista de una de ellas lo que provocó el aborto. Geraldine estaba recogiendo huevos y la serpiente era muy pequeña, pero mi hermana se llevó tal susto que echó al mundo a su bebé con cuatro meses de antelación. No sé lo que le pasó a partir de ese momento, pero se volvió agresiva y mezquina y pareció que ya no le interesaba nada. Dan Rainey tuvo que soportar lo peor; procuraba apartarse de ella, y llegó al extremo de llevarse una manta e irse a dormir al trigal. Yo sabía que podía pasar algo si continuaba allí... así que me fui a Youfry y cogí el empleo que antes tenía Geraldine en el hotel. La sala de baile era la misma que el verano anterior y yo estaba incluso más bonita: un chaval casi mató a otro al disputar por invitarme a una naranjada. No puedo decir que no me divirtiera, pero la verdad es que mi mente no estaba allí. En el hotel me preguntaban dónde tenía la cabeza, pues llenaba el azucarero con sal y les daba a los clientes una cuchara para que cortaran la carne. En todo el verano no fui a casa ni una sola vez. Cuando llegó el momento... fue un día como éste, un día de otoño azul como la eternidad... No les había avisado de mi llegada; bajé del coche y anduve cinco kilómetros entre los haces de trigo, hasta que me encontré con Dan Rainey. No me dijo una palabra; sólo se dejó caer al suelo y lloró como un niño pequeño. Sentía profunda pena por él y le amaba más de lo que los labios pueden decir.

Se le había acabado el cigarrillo. Parecía haber perdido el hilo del relato; o quizá, algo peor, había decidido no terminarlo. Me hubiera gustado patear y silbar como lo hacen los gamberros en el cine cuando de repente se rompe la película y la pantalla se queda a oscuras. Riley, aunque no tan afectado como yo, también estaba impaciente. Frotó una cerilla para encenderle a Ida un nuevo cigarrillo. El sonido del raspar de la cerilla le hizo recobrar la voz, pero fue como si, en la pausa, ella se hubiese ido muy lejos.

—Papá juró que le pegaría un tiro. Más de cien veces dijo Geraldine: «Dinos quién ha sido, y Dan tomará una escopeta e irá por él.» Me echaba a reír hasta que acababa llorando; otras veces sucedía al revés. Bien, les dije que no tenía la menor idea de quién era el responsable, que había estado con cinco o seis chicos en Youfry y ¿cómo podía saberlo? Mi madre me abofeteó en la cara cuando dije eso. Pero acabaron por creerlo, y diría que al cabo de algún tiempo incluso el propio Dan Rainey se lo creyó... o al menos eso quería el pobre chico, tan desgraciado. Durante muchos meses la casa estuvo revuelta y entretanto murió papá. No quisieron dejarme asistir al entierro, pues estaban avergonzados de que alguien pudiera verme en mi estado. Ocurrió ese día, cuando todos estaban en el entierro y me habían dejado sola en casa y un viento arenoso soplaba con la fuerza de un elefante; fue entonces cuando tuve mi primer contacto con Dios. Yo no me merecía en modo alguno ser Elegida: hasta entonces mamá había tenido que forzarme a aprender los versículos de la Biblia; a partir de aquel día logré memorizar más de mil en menos de tres meses. Bien, estaba practicando una melodía al piano cuando de repente se rompió una ventana, toda la habitación pareció dar la vuelta sobre sí misma y cuando de nuevo adquirió su posición inicial me di cuenta de que había algo conmigo: el espíritu de mi padre, pensé. El viento se apaciguó suavemente, como en la primavera... El estaba allí y yo de pie, como él me había hecho, abrí los brazos para recibirle. Eso ocurrió hace veintiséis años, que se cumplieron el tres del pasado febrero. Yo tenía diecisiete y ahora tengo cuarenta y dos, y nunca he vuelto a dudar. Cuando fui a dar a luz a mi bebé no llamé a Geraldine ni a Dan Rainey ni a nadie, sino que me eché en la cama, empecé a susurrar los versículos uno tras otro y nadie se enteró de que Danny había nacido hasta que lo oyeron gemir. Fue Geraldine quien le puso ese nombre. Era su hijo, o al menos eso es lo que todo el mundo debía creer, y la gente de las granjas vecinas vino a ver a su hijo; algunos trajeron regalos y los hombres dieron palmadas cariñosas en las espaldas de Dan Rainey y le felicitaron por tener un niño tan hermoso. Tan pronto como estuve en condiciones de hacerlo me trasladé a Stoneville, a unos cincuenta kilómetros de distancia, una población dos veces mayor que Youfry y donde hay un gran campo minero. Otra chica y yo abrimos una lavandería e hicimos un buen negocio porque en la mina la mayor parte de los hombres eran solteros. Dos veces al mes regresaba a casa para ver a Danny; así me pasé siete años yendo y viniendo; las visitas a Danny eran mi único placer: un niño tan precioso que no encuentro palabras para describirlo. Pero Geraldine se ponía furiosa, de muerte, cuando lo tocaba; si me veía besarlo saltaba indignada. La actitud de Dan Rainey no era muy distinta, y además parecía temer que decidiera no marcharme sola. La última vez que estuve en casa le pregunté si podíamos vernos en Youfry, pues durante mucho tiempo, en mi locura, se me ocurrió una idea: si podía vivir de nuevo lo anterior, si volvía a llevar un bebé en mi vientre, éste sería como un hermano gemelo de Danny. Pero me equivocaba al pensar que podía tener el mismo padre. Hubiera nacido muerto. Me quedé mirando a Dan Rainey (era un día glacial, estábamos sentados en la sala de baile vacía y recuerdo que ni una sola vez sacó las manos de los bolsillos del pantalón) y dejé que se marchara sin decirle por qué le había pedido que viniera. Después pasaron años en que busqué cualquier parecido con él. Uno de los mineros de Stoneville tenía las mismas pecas y los ojos amarillos; un chico de buen corazón, que me hizo a Sam, el mayor de mis hijos. Al que mejor recuerdo es al padre de Beth, que era un duplicado de Dan Rainey, pero como Beth es una chica no se parece tanto a Danny. He olvidado deciros que vendí mi parte en la lavandería y me fui a Texas... Trabajé en restaurantes de Amarillo y Dallas. Pero hasta conocer al señor Honey no me había dado cuenta de que el Señor me había elegido y cuál debía ser mi misión. El señor Honey estaba en posesión de la Verdadera Palabra; tras oírle predicar la primera vez fui a verle. Llevábamos hablando sólo unos veinte minutos cuando me dijo: «Voy a casarme contigo, si es que no estás casada ya.» Le dije que no, que no estaba casada, pero que tenía un poco de familia; la verdad es que para aquel entonces ya eran cinco. Eso no le importó en absoluto. Una semana después nos casábamos, el día de San Valentín. No era un hombre joven y no se parecía en absoluto a Dan Rainey; si se quitaba las botas apenas me llegaba al sombrero; pero el Señor había hecho que nos encontráramos y El, ciertamente, sabe lo que hace: tuvimos a Roy, después a Pearl, Kate, Cleo y Pequeño Homer... la mayor parte de ellos nacidos en el camión que habéis visto. Recorrimos el país llevando Su Palabra a gentes que no la habían oído antes, al menos no del modo como se la transmitía mi marido. Ahora debo mencionar una triste circunstancia: perdí al señor Honey. Ocurrió una mañana, en la parte más remota de Louisiana, en la tierra de los cajunes; se alejó un poco de la carretera para comprar víveres: nunca más volvimos a verle. Desapareció realmente en el aire. No me importa un comino lo que dijo la policía: no era la clase de hombre que abandona a su familia; no, señor, no; tuvo que ocurrirle algo malo.

–O amnesia –dije yo–. Se olvida uno de todo, incluso del propio nombre.

–¿Un hombre que se sabía la Biblia de memoria? ¿Puedes creer que un hombre así llegue a olvidar su propio nombre? Uno de los cajunes debió de matarle para robarle su anillo de amatistas. Naturalmente, he vuelto a tener otros hombres después, pero no amor. Lillie Ida, Laurel y los otros niños nacieron así. En cierto modo parece como si yo no pudiera continuar viviendo sin llevar otra vida latiendo bajo mi propio corazón: si no es así me siento floja y perezosa.

Cuando los niños estuvieron vestidos, algunos de ellos con las ropas del revés, regresamos al árbol, donde las chicas mayores se aproximaron al fuego para secarse y peinarse el cabello. En nuestra ausencia Dolly se había ocupado del bebé y ahora no parecía dispuesta a dejarlo.

–Quisiera que una de nosotras tuviera un niño, mi hermana o Catherine.

La Hermana Ida dijo que sí, que era una satisfacción y un entretenimiento. Finalmente nos sentamos en círculo en torno al fuego. El guiso estaba demasiado caliente como para saborearlo, a lo cual, quizá, se debió su éxito general. El juez tuvo que servirnos por turno, pues sólo había tres platos, y bromeó e hizo una serie de tonterías que divirtieron y pusieron contentos a los niños. Gasolina Texaco decidió que había cometido un error y que su papá era el juez y no Riley. El juez la recompensó con un viaje a la luna y algunas piruetas, es decir, la alzó por encima de su cabeza y la movió de un lado a otro: *Algunas bandadas vuelan al Sur, otras van al Oeste, tú te irás volando siguiendo tu suerte. ¡Ahí vas, ahí vas...!*

Ida dijo: «Es usted muy fuerte.» «Claro», presumió el juez, y todos quisieron tocar sus músculos. Cada quince segundos volvía la cabeza con disimulo para ver si Dolly le estaba admirando.

El sordo canto de una paloma torcaz se deslizó entre las últimas largas lanzas de los rayos de luz. Un frío verde se filtró en el azul del aire como si un arco iris se hubiese disuelto a nuestro alrededor. Dolly tuvo un escalofrío:

—Se acerca una tormenta. He tenido esa premonición todo el día.

Miré a Riley con aire triunfal, ¿no se lo había dicho yo?

—Y se está haciendo tarde —dijo la Hermana Ida—. Buck, Homer, muchachos, id a vigilar el camión. Dios sabe quién puede pasar por allí y aprovecharse de las circunstancias. No −añadió mientras seguía con la vista a sus hijos hasta que se desvanecieron por la senda oscurecida−, no es que tengamos muchas cosas, salvo mi máquina de coser. Y bien, Dolly, ¿has...?

−Hemos discutido el asunto −dijo Dolly volviéndose hacia el juez en busca de confirmación.

−Ganaría su pleito en un tribunal, de eso no hay la menor duda −dijo con tono muy profesional−. Por una vez la ley puede estar del lado justo. Pero tal y como están las cosas, sin embargo...

Dolly intervino:

−Tal como están las cosas...

Puso en la mano de la Hermana Ida los cuarenta y siete dólares que componían nuestro capital en metálico y, además, le entregó el pesado reloj de oro del juez.

Al ver los regalos, la Hermana Ida movió la cabeza como si pensara que debía rechazarlos.

−Está mal, pero muchas gracias.

Un débil trueno resonó por el bosque; en la calma ominosa que le siguió, Buck y Pequeño Homer aparecieron a todo correr por el sendero, como al frente de una carga de caballería.

−¡Vienen, vienen! −gritaron al unísono, y seguidamente Pequeño Homer, tras echarse atrás su gran sombrero, se esforzó en hablar venciendo la agitación de su carrera−. ¡Hemos venido corriendo todo el camino...!

−Vamos, muchacho, explícate, ¿quién viene?

Pequeño Homer aspiró una bocanada de aire:

145

–Esos tipos. El sheriff y otros, no sé cuántos más. Están cruzando la pradera. Y llevan armas.

De nuevo sonó un trueno. El viento jugueteó con nuestra hoguera.

–De acuerdo, muchachos –dijo el juez haciéndose con el mando–. Que no pierda nadie la cabeza.

Era como si hubiera estado planeando aquel momento y se enfrentara a él, tengo que reconocerlo, gloriosamente.

–Las mujeres y vosotros, los más pequeños, subíos a la casa del árbol. Riley, cuídate de que los demás se repartan por esos árboles de allí con una buena carga de piedras.

Cuando todos nosotros cumplimos sus instrucciones, él siguió solo en el suelo; con las mandíbulas apretadas se quedó allí, de pie, escrutando el tenso silencio del atardecer, como un capitán que no está dispuesto a abandonar su barco que se hunde.

6

Cinco de nosotros trepamos al sicomoro que se alzaba sobre la senda. Allí estaban Pequeño Homer y su hermano Buck, un chico ceñudo con las manos llenas de piedras. Al otro lado del camino, en torno al tronco de otro sicomoro, podíamos ver a Riley rodeado por las chicas mayores; en la luz, profundamente bruñida, sus rostros blancos brillaban como linternas mágicas. Creí apreciar una gota de lluvia, pero se trataba de una perla de sudor que había resbalado por sus mejillas. Calma, pese al sonido de los truenos; el olor de la lluvia se mezclaba con el de las hojas y el del humo y los hacía más intensos. La casa sobre el árbol, demasiado cargada, emitió un ominoso crujido; desde mi punto de observación sus ocupantes parecían una sola criatura, una araña con múltiples patas y numerosos ojos sobre cuya cabeza el sombrero de Dolly se alzaba como una corona de terciopelo.

En nuestro árbol todos los ocupantes hicieron

sonar silbatos como los que Riley le había comprado a Pequeño Homer: excelentes para asustar al Diablo, había dicho la Hermana Ida. Pequeño Homer se quitó su enorme sombrero y sacó de su interior lo que posiblemente sería el tendedero de Dios, una gruesa cuerda, con la que hizo un lazo corredizo. Mientras probaba su eficacia, apretando y aflojando el nudo, sus diminutas gafas de montura de acero brillaron de manera tan amenazadora que, alejándome poco a poco, puse entre nosotros una rama más de distancia. El juez, que patrullaba por abajo, nos dijo que dejáramos de movernos: fue la última orden antes de que comenzara la invasión.

Los propios invasores no mostraban la menor cautela. Balanceando sus rifles con el cañón hacia el suelo, como si fueran cortadores de caña, con aire fanfarrón, se adelantaban por el camino, nueve, doce, veinte de ellos. Primero Junius Candle con su estrella de sheriff brillando en la penumbra; detrás de él Eddie el Largo, y sus ojos estrábicos que buscaban posibles escondites me recordaron esos pasatiempos de los periódicos que consisten en descubrir cinco muchachos y una lechuza dibujados disimuladamente entre las ramas de un árbol. Pero para resolverlos hace falta alguien más inteligente que Eddie Stover, el Largo. Me miró directamente y pareció atravesarme como si fuera transparente. No había muchos en aquel grupo que pudieran preocupar a nadie por su inteligencia: la mayoría de ellos no servía más que para apurar un vaso de cerveza y soltar maldiciones. Había, con todo, una excepción, pues entre ellos reconocí al señor Hand, el director de la escuela, un hombre lo suficientemente honesto en términos generales como para pensar que no sería capaz de mezclarse con tan mala compañía y en un asunto tan vergonzoso como aquél. La curiosidad explicaba, sin duda, la presencia de Amos Legrand, pues allí estaba, excepcionalmente silencioso. No me sorprendió demasiado ver que Verena lo usaba como bastón y se apoyaba con la mano sobre la cabeza del peluquero, que apenas si le llegaba a la cintura. Un severo y hosco reverendo Buster sostenía ceremoniosamente su otro brazo. Al ver a Verena revivió en mí el sombrío terror que sentí cuando, tras la muerte de mi madre, fue a casa para reclamarme. Pese a su aparente torpeza, se movía con su acostumbrada autoridad y, acompañada por su escolta, se detuvo bajo nuestro sicomoro.

El juez no cedió una pulgada. Las puntas de sus pies tocaban las del sheriff y se mantuvo en su terreno como si existiera una línea divisoria que nadie debía atreverse a cruzar.

Fue en ese momento cuando advertí las intenciones de Pequeño Homer que, gradualmente, estaba dejando descender su lazo, abierto como las mandíbulas de una fiera y cimbreándose como una serpiente. Con la destreza de un experto, dejó caer el lazo en torno al cuello del reverendo Buster, cuyo grito de terror fue apagado cuando Pequeño Homer le dio un brusco tirón a la cuerda.

Sus amigos no tardaron mucho en darse cuenta de la peligrosa situación del viejo Buster, que tenía el rostro congestionado y los brazos caídos, pero no pudieron dedicarle demasiada atención, pues el éxito de Pequeño Homer inspiró un ataque general: las piedras comenzaron a llover sobre ellos bajo un coro de silbidos, agudos y chillones como el graznar de pájaros salvajes; los hombres del sheriff, empujándose entre sí, trataron de refugiarse donde pudieron, principalmente bajo los cuerpos de sus compañeros ya caídos al suelo. Verena tuvo que tirar de la oreja de Amos cuando éste trató de esconderse bajo su falda. Hay que decir que ella fue la única que se comportó como un verdadero hombre: amenazó con sus puños hacia los árboles y nos colmó de maldiciones.

En plena escaramuza resonó un disparo, como cuando se cierra de golpe una puerta de hierro. Su eco interminable nos calmó a todos, pero en el barullo subsiguiente oímos el ruido de la caída de un peso entre las ramas del sicomoro enfrente del nuestro.

Era Riley que caía y caía, lentamente, relajado, como un gato muerto. Cubriéndose los ojos, las chicas gritaron cuando Riley golpeó contra una rama y la desgajó, arrastrándola en su caída, en un revoltijo ensangrentado que golpeó el suelo.

Finalmente, fue el juez quien se aproximó al herido:

—¡Muchacho, mi querido muchacho! —Y como en trance cayó de rodillas y acarició la mano desmayada de Riley—. Ten piedad, ten piedad, hijo, responde.

Otros hombres, aborregados y asustados, los rodearon; algunos ofrecieron consejos que el juez parecía incapaz de comprender. Uno tras otro fuimos bajando de los árboles y los chiquillos preguntaban en voz baja, como un susurro: «¿Está muerto?, ¿está muerto?», un murmullo ronco como el de los cuernos marinos. Quitándose los sombreros respetuosamente, los hombres abrieron paso a Dolly, que estaba tan conmovida que no fue capaz de prestarles la menor atención, ni tampoco a Verena, ya que pasó a su lado como si no la viera.

—Quiero saber —dijo Verena en un tono que provocó la atención general— quién ha sido el idiota que ha disparado su arma.

Cautamente los hombres se miraron unos a otros y la mayoría de las miradas se fijaron en Eddie el Largo. Sus quijadas temblaron y se pasó la lengua por los labios.

—¡Demonios, no era mi intención herir a nadie, estaba cumpliendo mi deber, eso es todo!

—No, no lo es. Le considero a usted responsable, señor Stover.

Al oír esas palabras, Dolly se volvió en redondo, y su mirada, difuminada por el velo, se fijó en Verena de un modo que parecía querer excluirnos a todos los demás sin excepción.

—¿Responsable? No lo es nadie salvo nosotras.

La Hermana Ida había reemplazado al juez junto a Riley; le había quitado completamente la camisa.

—Puede dar gracias a su buena estrella, ha sido en un hombro —dijo, y el suspiro de alivio de Eddie el Largo hubiera bastado para hacer volar una cometa–. Pero ha recibido un buen golpe y está conmocionado. Lo mejor que pueden hacer es llevarlo en seguida a que le vea un médico.

Detuvo la hemorragia de Riley con una venda que hizo desgarrando la camisa del muchacho. El sheriff y tres de los hombres hicieron una camilla para llevar a Riley. Pero no era éste el único al que había que llevar, pues el reverendo Buster también había sufrido bastante daño; sin fuerzas en piernas y manos, demasiado débil para quitarse el lazo que aún apretaba su garganta, necesitó que varios hombres le ayudaran a levantarse y a continuar el camino. Pequeño Homer salió corriendo tras él:

–¡Eh, oiga, devuélvame mi cuerda!

Amos Legrand esperó para acompañar a Verena, pero ésta le dijo que se fuera sin ella, pues no estaba dispuesta a marcharse a menos que Dolly... Vacilante, se quedó mirándonos, en particular a la Hermana Ida.

–Me gustaría hablar con mi hermana a solas.

Con un gesto orgulloso de la mano, como si Verena le tuviera sin cuidado, la Hermana Ida dijo:

–No se preocupe, señora. Nosotros nos íbamos ya. –Abrazó a Dolly–. ¡Bendita seas, te queremos mucho! ¿No es así, chicos?

Pequeño Homer dijo:

–¡Vente con nosotros, Dolly, verás qué bien lo pasamos! Te regalaré mi cinturón de fantasía.

En cuanto a Gasolina Texaco, se arrojó en los brazos del juez rogándole que también él fuera con ellos. Por lo que a mí respecta, no parecía despertar el interés de nadie.

−Siempre recordaré que me lo habéis pedido −dijo Dolly, y sus ojos pasaron rápidamente de uno a otro, como si tratara de guardar en su recuerdo los rostros de los chicos−. ¡Buena suerte! Y ahora daos prisa −alzó la voz para que pudieran oírla por encima de un nuevo trueno−, está empezando a llover.

Era una lluvia fina, suave como una cortina de gasa, y cuando todos, la Hermana Ida y su familia, desaparecieron entre sus pliegues, Verena preguntó:

−¿Debo entender que has confraternizado con esa... mujer? ¡Después de que se burló de ti y ridiculizó nuestro apellido!

−No creo que puedas acusarme de confraternizar con nadie −respondió Dolly con serenidad−. Y menos con gentes que −perdió un poco el control− roban a los niños y encierran a mujeres ancianas en la cárcel. No veo cómo honra su apellido quien emplea tales métodos. Me parece una burla.

Verena recibió la reprimenda sin inmutarse.

−No eres la misma −se limitó a decir como si se tratara de un diagnóstico clínico.

−Es mejor que vuelvas a mirar: soy yo, la misma. −Dolly pareció cuadrarse para pasar revista. Era tan alta como Verena y se mostraba tan segura de sí misma como ella; no había nada de equívoco o incompleto en su actitud−. He seguido tu consejo y he dejado de agachar la cabeza, eso es lo que quiero decir. Decías que mirarme te mareaba. Y no hace muchos días —continuó— añadiste también que estabas avergonzada de mí. Y de Catherine. Te dedicamos una parte tan grande de nuestras vidas que resultó muy doloroso comprender que las habíamos desperdiciado de ese modo. ¿Sabes qué es eso, la sensación de haber desperdiciado algo tan importante?

Con voz apenas audible, Verena respondió:

—Sí, lo sé.

Fue como si sus ojos cerrados estuvieran contemplando una visión interna, un paisaje pétreo. Era la expresión que había visto en su rostro cuando la espiaba desde la buhardilla, ya bien entrada la noche, inclinada sobre las instantáneas de Maudie Laura Murphy, su esposo y sus hijos. Vaciló y puso una mano sobre mi hombro; de no haberlo hecho quizá se hubiese caído.

—Creí que tendría que soportar el dolor de esas palabras hasta el día de mi muerte. No será así. Pero he de reconocer, Verena, que no es ningún consuelo poder decir que yo también estoy avergonzada de ti.

Se había hecho de noche; ranas, insectos cantarines celebraban la lluvia que caía lentamente. Nos oscurecimos como si la humedad hubiera borrado la luz de nuestros rostros. Verena se recostó contra mí.

—No me encuentro bien —dijo con voz sepulcral—, soy una mujer enferma, de veras, Dolly.

No muy convencida, Dolly se aproximó a Verena,

hasta llegó a tocarla, como si con sus dedos pudiera apreciar la verdad.

—Collin —me dijo—, juez, por favor, ayudadla a subir conmigo al árbol.

Verena protestó diciendo que no podía trepar a los árboles, pero así que se hizo a la idea subió con bastante facilidad. La casa del árbol, semejante a una balsa, parecía flotar sobre aguas vaporosas, misteriosas y siniestras. El interior de la casa estaba seco porque la suave lluvia no había penetrado en el parasol de hojas. Nos arrastró una corriente de silencio hasta que Verena dijo:

—Tengo que decirte algo, Dolly. Y lo haría más fácilmente si estuviéramos solas.

El juez se cruzó de brazos.

—Me temo que tendrá que contar conmigo, señorita Verena. —Su tono era enfático, aunque no beligerante—. Tengo interés en las consecuencias de lo que tenga usted que decir.

—Lo dudo. ¿Por qué habría de tenerlo? —preguntó recobrando hasta cierto punto sus maneras exaltadas.

El juez encendió un cabo de vela y nuestras sombras repentinas se detuvieron sobre nosotros como espías escondidos.

—No me gusta hablar en la oscuridad —dijo el juez.

Lo erecto y orgulloso de su postura tenía una razón de ser: con ello intentaba, según creo, probar a Verena que estaba tratando con un hombre, un hecho que pocos habían conseguido imponerle. Aquello le pareció imperdonable.

—¿Te acuerdas, Charlie Cool, verdad que sí? Hace cincuenta años, quizá más, tú y algunos de tus amigos vinisteis a robar moras a mi casa. Mi padre atrapó a tu primo Seth y yo te cogí a ti. Te llevaste una buena paliza aquel día.

El juez recordó, se sonrojó, sonrió y dijo:

—No peleaste con limpieza, Verena.

—Sí que lo hice —le respondió secamente—. Pero tienes razón... puesto que no nos gusta a ninguno de los dos, no hablemos en la oscuridad. Francamente, Charlie, tu presencia no me es grata. Mi hermana no hubiera llegado a hacer una estupidez como ésta si tú no la hubieras alentado. Así que te agradecería que nos dejases, lo que tengamos que decirnos no tiene por qué ser asunto tuyo.

—Pero lo es —dijo Dolly—, porque el juez Cool, Charlie... —Se encogió y por primera vez pareció dudar de su audacia.

—Dolly quiere decir que le he pedido que se case conmigo.

—Eso... —Verena se las arregló para continuar después de unos segundos llenos de tensión— es... —dijo mirándose las manos enguantadas— algo muy notable. Mucho. Nunca hubiera creído que ninguno de vosotros dos tuviera tanta imaginación. ¿O es que soy yo quien lo está imaginando? Lo mismo que estoy soñando que me encuentro en un árbol mojado en una noche de tormenta. Pero nunca tengo sueños, o quizá sea que los olvido. Y éste es uno que sugiero que todos debemos olvidar.

—Sería mejor que esto fuera un sueño, Verena.

Porque una persona que no sueña es como una que no suda: conserva en sí gran cantidad de veneno.

Verena lo ignoró. Toda su atención estaba centrada en Dolly, y la de Dolly en ella; podían haber estado juntas a solas, dos personas en los extremos más alejados de una inhóspita habitación, comunicándose mudas, con un excéntrico lenguaje de signos, con sutiles movimientos de ojos; así fue como Dolly le dio la respuesta, una respuesta que lavó todo el color del rostro de Verena.

—Ya veo. Le has aceptado, ¿no es así?

La lluvia se había espesado, hasta tal punto que un pez podría haber nadado en el aire; como una escala profunda de notas de piano golpeaba sus cuerdas más negras y tamborileaba en un aguacero que, aunque amenazador de momento, no nos alcanzaba; la lluvia se filtraba entre las hojas, pero la casa del árbol se mantenía seca como una semilla en una planta empapada. El juez puso una mano protectora delante de la vela; esperó, tan ansioso como Verena, la respuesta de Dolly. Mi impaciencia igualaba a la de ambos, aunque me sentía apartado de la escena, exiliado, espiando de nuevo como lo hiciera por las rendijas del suelo de la buhardilla; aunque parezca curioso, mis simpatías no estaban con nadie: sentía una ternura general, por los tres, que discurría junta, como las gotas de lluvia. No podía separarlas y se expandían en una singularidad humana.

Lo mismo le ocurría a Dolly. No podía separar al juez de Verena. Por último exclamó penosamente, reconociendo fracasos por encima de todo cálculo:

—No puedo. Dije que llegaría a saber lo que es justo, pero no ha sido así. No lo sé, ¿lo saben otros? Una elección, pienso; para tener una vida formada por mis propias decisiones...

—Pero nosotras hemos tenido nuestras vidas —dijo Verena—. En la tuya no ha faltado nada. No creo que quisieras más de lo que has tenido; la verdad es que siempre te envidié. Vuelve a casa, Dolly. Deja para mí las decisiones: como has visto, ésa es mi vida.

—¿Es cierto, Charlie? —preguntó Dolly, como lo haría un niño que preguntara dónde caen las estrellas que se desprenden del cielo. Y añadió—: ¿Hemos tenido nosotros nuestras vidas, Charlie?

—No estamos muertos, querida —le contestó, pero era como si el niño curioso le hubiera respondido que las estrellas caen en el espacio, una respuesta irrefutable, pero insatisfactoria. Dolly no podía aceptarla.

—No hay por qué estar muerto. En casa, en la cocina, tenemos una maceta de geranios que florece durante todo el año, una y otra vez. Otras plantas, sin embargo, sólo florecen una vez, eso es todo, y no les sucede nada más. Viven y han tenido su vida.

—Tú no —dijo el juez, y aproximó su rostro al suyo, como si deseara que sus labios rozaran los de Dolly, pero sin osar hacerlo.

La lluvia había abierto túneles entre las ramas y caía con todo su peso; del sombrero de Dolly se deslizaron arroyuelos y el velo se pegó a sus mejillas; con un estremecimiento, la vela se apagó.

—Yo no —dijo Dolly.

Una sucesión de relámpagos palpitaron como venas de fuego y Verena, iluminada por el continuado resplandor, no se parecía en absoluto a nadie que yo conociera, sino a una mujer desconsolada, desgastada, con los ojos volcados, una vez más, hacia dentro y la mirada fija en un territorio interno, un país estéril; cuando los relámpagos cedieron y el murmullo de la lluvia nos encerró en sus múltiples sonidos, Verena habló y su voz llegó tan débil, desde tan lejos, como si no esperara ser oída en absoluto.

—Te envidio, Dolly. Tu dormitorio rosa. Yo sólo he llamado a las puertas de esas habitaciones, no con demasiada frecuencia, pero sí lo suficiente para saber que ahora no hay nadie más que tú que pueda dejarme entrar en ellas. Porque el pequeño Morris, el pequeño Morris me ayudó, le amé, sí, lo hice. No como una mujer; fue, lo admito, porque éramos espíritus semejantes. Nos mirábamos uno a otro a los ojos y veíamos la misma maldad, pero no nos asustábamos; era algo... gozoso, placentero. Pero él me superó en listeza; sabía que podía hacerlo y confiaba en que no lo hiciera, pero lo hizo. Ahora la soledad resulta demasiado prolongada como para aceptarla para toda la vida. Paseo por la casa y nada es mío: tu habitación rosada, tu cocina, la casa es tuya y de Catherine también, pienso. Pero no me dejes, déjame vivir contigo. Me siento vieja y quiero tener a mi hermana.

La lluvia, al sumar su voz a la de Verena, levantó

entre ellos, Dolly y el juez, un muro transparente a través del cual éste observó cómo ella perdía sustancia, retrocedía ante él, igual que antes pareció retroceder para alejarse de mí. Más que eso: era como si la casa del árbol estuviera disolviéndose. Un viento arrollador arrastró fuera de la casa los empapados restos de nuestros juegos de cartas, nuestro papel de envolver, las galletas hechas un amasijo informe; los jarros de barro llenos de agua rebosaban como surtidores; el precioso edredón de Catherine estaba hecho un desastre, tan mojado que parecía un charco. Todo era arrastrado igual que las casas flotantes de los ríos, condenadas a muerte por la inundación. Como si el juez hubiera quedado atrapado allí, saludándonos con un agitar de manos, como si nosotros, supervivientes, hubiéramos quedado a salvo en la orilla. Porque Dolly había dicho:

—¡Perdóname, yo también quiero tener a mi hermana!

Y el juez no pudo alcanzarla, ni con sus brazos ni con su corazón. La petición de Verena era demasiado terminante.

A eso de medianoche la lluvia aflojó y después cesó por completo; el viento se arremolinó y sacudió los árboles haciendo escurrir el agua. Una tras otra, como invitados que llegan tarde a un baile, las estrellas comenzaron a jalonar el cielo. Era hora de marcharnos. No nos llevamos nada con nosotros: dejamos el edredón para que se pudriera, las cucharas para que se oxidaran; y la casa del árbol y el bosque se los cedimos al invierno.

7

Durante bastante tiempo, Catherine conservó la costumbre de fechar los acontecimientos según hubieran ocurrido antes y después de su encarcelamiento. «Antes de la época en que Esa hizo de mí una presidiaria», comenzaba sus relatos. En cuanto al resto de nosotros, podríamos igualmente dividir la historia en términos similares; es decir, antes y después de la casa del árbol. Aquellos breves días de otoño fueron a la vez un hito y un faro que iluminaba nuevos caminos.

Excepto para recoger sus pertenencias, el juez jamás volvió a poner los pies en la casa que había compartido con sus hijos y nueras, una circunstancia que sin duda a ellos les pareció bien, puesto que nadie protestó cuando tomó una habitación en la casa de huéspedes de la señorita Bell. Se trataba de un establecimiento oscuro y solemne, que recientemente ha sido transformado en funeraria por un enterrador que se dio cuenta de que, para conseguir el efecto necesario y deseado en un local de negocios como el suyo, haría falta renovar muy poco. No me gustaba pasar por allí, pues las huéspedes de la señorita Bell, señoras más punzantes que los descuidados rosales que ensuciaban el pequeño jardín, ocupaban el porche de la mañana a la noche en una auténtica maratón de chismosa vigilancia. Una de ellas, la dos veces viuda Mamie Canfield, se había especializado en descubrir embarazos (se supone que un tipo legendario le dijo a su esposa «¿Para qué gastar dinero en el médico?, no tienes más que pasar por delante de la pensión de la señorita Bell: Mamie Canfield se encargará de hacer conocer al mundo si lo estás o no»).

Hasta que el juez se fue a vivir allí, Amos Legrand era el único hombre que vivía en la pensión de la señorita Bell. Era un enviado de Dios para las otras huéspedes: el momento más sagrado del día para ellas comenzaba cuando terminaban de cenar. Amos, balanceándose en su mecedora, con sus pies que no alcanzaban a tocar el suelo, dejaba que su lengua sonara como la campanilla de un despertador. Las mujeres competían entre sí en tejer calcetines y jerséis para él y en cuidar su dieta. En la mesa los mejores bocados iban siempre a su plato. La señorita Bell tenía dificultades para conservar a sus cocineros, porque las señoras se pasaban el día metiendo la nariz en la cocina tratando de hacer algún plato especialmente delicado que complaciera al hombrecillo que era para ellas como un querido animalito doméstico. Posiblemente hubieran hecho lo mismo por el juez, pero éste no les servía de nada, pues, para su desesperación, nunca se quedó a pasar el rato con ellas.

Como consecuencia del frío y la humedad de nuestra última noche en el árbol, yo había pescado un buen resfriado; Verena tenía otro aún peor, y Dolly se había convertido en nuestra enfermera, mientras que Catherine no parecía dispuesta a colaborar.

—Corazoncito, tú puedes hacer lo que quieras... Puedes llevar su orinal hasta que se te derrame encima. Pero no cuentes conmigo, no pienso mover ni un dedo. He dejado caer mi carga.

Levantándose a todas horas de la noche, Dolly nos traía el jarabe para apaciguar nuestra tos, y alimentaba el fuego que nos mantenía calientes. Verena, al contrario que en ocasiones anteriores, no aceptaba aquellos cuidados como cosa lógica y que le era debida.

—En primavera —le prometió a Dolly— haremos un viaje juntas. Podríamos ir al Gran Cañón y visitar a Maudie Laura. O a Florida. Nunca has visto el océano.

Pero Dolly estaba a gusto allí y no deseaba viajar.

—No disfrutaría con el viaje, porque las cosas que conozco quedarían empequeñecidas al compararlas con otras más notables, cosas tan tristes y vergonzosas que hemos visto.

El doctor Carter acudía regularmente a visitarnos y una mañana Dolly le pidió cortésmente que le tomara la temperatura, pues se sentía congestionada y con las piernas muy débiles. El médico la hizo meterse en la cama inmediatamente y Dolly pensó que hacía un chiste cuando le dijo que tenía una pulmonía galopante.

—Pulmonía galopante —le explicó al juez, que había acudido a visitarla—, tiene que ser algo nuevo. Nunca había oído hablar de ello. Pero me siento como si corriera jugando subida a un par de zancos. Maravilloso —dijo y se quedó dormida.

Durante tres días, casi cuatro, no se despertó del todo. Catherine estuvo a su lado, dormitando en una silla de mimbre y gruñendo en voz baja cada vez que Verena o yo entrábamos de puntillas en la habitación. Insistía en abanicar a Dolly con una gran estampa de Jesucristo, como si estuviéramos en verano, y era verdaderamente lamentable el poco caso que hacía de las instrucciones que le daba el doctor Carter.

—Yo no le daría eso ni a un cerdo —declaró señalando cierto medicamento que el médico había traído.

Finalmente, el doctor Carter dijo que no se hacía responsable de lo que pudiera suceder si no se trasladaba a la paciente al hospital. El más cercano estaba en Brewton, a unos cien kilómetros de distancia. Verena mandó venir una ambulancia. Podría haberse ahorrado el dinero, porque Catherine cerró con llave, por dentro, la puerta de la habitación de Dolly y dijo que el primero que tratara de correr el pestillo necesitaría personalmente la ambulancia.

Dolly no sabía adónde querían trasladarla, pero

suplicaba que, fuera a donde fuese, no se la llevaran.

—No me despertéis —suplicó—, no quiero ver el mar.

A finales de semana pudo sentarse en la cama; unos días más tarde estuvo ya lo bastante fuerte para reanudar la correspondencia con sus clientes enfermos de hidropesía. Estaba preocupada por los pedidos que no había podido atender y que se habían acumulado; pero Catherine, que presumía de que era a ella a quien se debía la curación de Dolly, le dio ánimos:

—¡Bah!, dentro de muy poco estaremos hirviendo un nuevo caldero de ese potingue.

Cada tarde, puntualmente a las cuatro, el juez se presentaba en la puerta del jardín y me silbaba para que le dejase entrar; al utilizar la puerta del jardín en vez de la puerta principal de la casa, disminuía las posibilidades de encontrarse con Verena... aunque no lo hacía porque ésta se opusiera a sus visitas, ya que más bien ocurría lo contrario, puesto que, inteligentemente, había facilitado una botella de jerez y una caja de cigarros para atender al visitante. Generalmente, el juez le llevaba a Dolly algún regalo, pasteles de la panadería Katydid o flores, crisantemos color bronce y grandes como globos que Catherine se apropiaba rápidamente de acuerdo con su teoría de que se comían todo el alimento que había en el aire. Catherine nunca supo que el juez había pedido a Dolly en matrimonio, pero intuyendo una situación que no era totalmente de su agrado, se había convertido en firme carabina que no se alejaba de la enferma mientras el juez estaba a su lado, y además de servirse generosamente del jerez destinado al juez, llevaba la voz cantante en la conversación. Pero supongo que ni el juez ni Dolly tenían muchas cosas de naturaleza privada que contarse; se aceptaban entre sí sin excitación, como personas que han asentado firmemente sus afectos. En otros aspectos el juez era un hombre desencantado, aunque no a causa de Dolly, pues creo que ella se había convertido en lo que él deseaba: la persona única en el mundo a la que, como nos había descrito, se le podía contar todo. Pero cuando todo puede decirse, quizá no queda nada que decir. El juez se sentaba junto a la cama de la enferma, contento de estar allí y sin esperar especial atención. Frecuentemente, fatigada por la fiebre, Dolly se dormía, y si mientras lo hacía se agitaba o gemía, la despertaba y la recibía con la bienvenida de una sonrisa luminosa como el día.

En el pasado, Verena no nos permitió tener un aparato de radio; argüía que aquella música barata desordenaba la mente y, además, había que tener en cuenta el gasto. Fue el doctor Carter quien la persuadió de que Dolly debía tener una radio, pues creía que le sería muy útil para sobrellevar una convalescencia que suponía que iba a ser larga. Verena compró una y pagó un buen precio, no lo dudo, pero era una caja fea, en forma de capucha y mal barnizada. Me la llevé al patio y la pinté de rosa. Incluso así Dolly no estaba segura de quererla en su habitación, pero más tarde hubiera sido imposible sacarla de allí. El aparato estaba siempre tan caliente que en él podría haberse asado un pollo, pues tanto ella como Catherine no le daban descanso. Les gustaba, en especial, la transmisión de partidos de fútbol.

—No, no, por favor —reprendió al juez cuando éste trató de explicarle las reglas del juego—. Me gusta el misterio. Todo el mundo gritando excitado, pasándoselo bien; tal vez no me parecerán tan contentos y dichosos si sé el porqué.

Al principio el juez se sintió defraudado porque no podía arrastrar a Dolly a tomar partido por un equipo. Dolly creía que ambos debían ganar.

—Todos ellos son chicos estupendos, estoy segura.

Catherine y yo tuvimos una discusión una tarde a causa de la radio. Esa tarde, Maude Riordan tocaba en una emisión del concurso estatal de música. Como era lógico, yo quería oírla y Catherine lo sabía, pero el aparato estaba sintonizado en la transmisión del partido Tulane contra Georgia Tech y no estaba dispuesta a dejar que me acercase al receptor. Enfadado, le dije:

—¿Qué te pasa, Catherine? Egoísta, insatisfecha, siempre decidida a hacer tu propia voluntad; te estás volviendo peor de lo que Verena ha sido nunca.

Era como si en vez de una pérdida de prestigio por su encuentro con la ley, tuviera que doblar su poder en casa de los Talbo: ya que no podía imponerse a nadie más, nosotros teníamos que respetar su sangre india y aceptar su tiranía. Dolly estaba

167

dispuesta a ello, pero, no obstante, en el caso de Maude Riordan se puso de mi parte.

–Deja que Collin busque esa emisora. No sería propio de cristianos no escuchar a Maude. Es amiga nuestra.

Todos los que oyeron tocar a Maude estuvieron de acuerdo en que merecía el primer premio. Consiguió el segundo, lo que satisfizo a su familia porque significaba media beca para estudiar música en la universidad. Pero no fue justo, porque tocó maravillosamente, mucho mejor que el chico que se llevó el primer premio. Interpretó la serenata de su padre y me gustó tanto como aquel día en que, por vez primera, la oímos en el bosque. Desde ese día pasé horas y horas escribiendo su nombre, describiendo en mi mente sus encantos, su cabello de color del helado de vainilla. El juez llegó a tiempo de oír la emisión y sé que Dolly se alegró de ello, pues fue como si de nuevo nos encontrásemos reunidos bajo las hojas del árbol, con una música semejante al vuelo de las mariposas.

Unos días después me encontré con Elizabeth Henderson en la calle. Venía del salón de belleza y su cabello estaba ondulado en pequeños rizos y se había pintado las uñas; parecía mucho mayor. La felicité por su aspecto:

–Es para la fiesta. Espero que tu traje esté terminado.

Entonces lo recordé: la fiesta del Día de Difuntos para la que ella y Maude habían solicitado mi colaboración como adivinador del porvenir.

–¡Oh, Collin, no me digas que lo has olvidado! –protestó–. Todas hemos trabajado como burras. La señora Riordan está haciendo un ponche de *vino*. No me sorprendería que alguien llegue a emborracharse y cosas así. Además celebramos que Maude ganara el premio y –añadió– es una especie de despedida porque se va a marchar... a la universidad, ya sabes.

Un sentimiento de soledad nos envolvió. No quise que nos separásemos y me ofrecí a acompañarla a casa.

En el camino nos detuvimos en la panadería Katydid, donde Elizabeth encargó una tarta para la fiesta. La señora C. C. County, con su delantal reluciente por los cristales del azúcar, dejó el horno para preguntarme cómo se encontraba Dolly.

–Tan bien como se pueda esperar, supongo –se lamentó–. Imagínate, una pulmonía galopante. Mi hermana también ha tenido una, pero de las corrientes, de las que se curan estando acostado. Bien, podemos dar gracias a Dios de que Dolly esté en su propia cama; me siento mucho mejor al ver que por fin habéis vuelto a casa. ¡Ja, ja...! Supongo que ahora puedo reírme de vuestra locura. Mira, acabo de sacar del horno estas rosquillas, llévaselas a Dolly con mis bendiciones.

Elizabeth y yo nos comimos la mayor parte de las rosquillas antes de llegar a su casa. Ya en la puerta, me invitó a entrar y a terminárnoslas con un vaso de leche.

Hoy se alza una estación de gasolina donde estuvo la casa de los Henderson, que consistía en unas quince habitaciones, llenas de corrientes de aire, que parecían haber sido colocadas juntas del modo más casual; un lugar que los animales extraviados habrían hecho suyo si Riley no hubiera tenido tan buenas dotes como carpintero. Había una especie de cobertizo exterior, una combinación de taller y estudio donde él solía pasar las mañanas serrando leña y colocándola ordenadamente. Había en sus paredes estanterías repletas de reliquias de sus aficiones ya pasadas: serpientes, abejas y arañas conservadas en alcohol; un murciélago que se descomponía en el interior de una botella; barcos en miniatura. Un entusiasmo infantil por la taxidermia había dado como resultado un lamentable zoológico de animales apestosos, como un conejo sin ojos con la piel verdosa por el moho y las orejas caídas como las de un perro pachón... objetos que hubiera sido mejor enterrar. Ultimamente había ido a ver a Riley varias veces. La bala de Eddie el Largo le había roto la clavícula; lo peor de ello era que tenía que llevar una escayola que le picaba y que, según él, pesaba cincuenta kilos. Puesto que no podía conducir su coche ni clavar adecuadamente un solo clavo, no tenía mucho que hacer, salvo gandulear de un lado para otro con aire aburrido.

–Si quieres ver a Riley –me dijo Elizabeth–, le encontrarás en el cobertizo. Creo que Maude estará allí con él.

–¿Maude Riordan?

Tenía motivos para estar sorprendido, porque en

las ocasiones en que visité a Riley éste insistió en que fuéramos al cobertizo, donde, según me dijo, las chicas no nos molestarían, pues era un lugar en que no permitía la entrada al sexo femenino.

—Le lee. Poesía, obras de teatro. Maude ha sido realmente adorable, pese a que mi hermano jamás la trató con la más mínima educación. Ella dice que lo pasado pasado está. Supongo que sentirse tan cerca de la muerte como estuvo él puede cambiar a una persona, hacerla más sensible y receptiva para las cosas delicadas. Se pasa las horas escuchando lo que Maude le lee.

El cobertizo, sombreado por una higuera, estaba en el patio de atrás. Unas gallinas con el aspecto de viejas matronas andaban por los escalones picoteando las simientes de girasol caídas de las flores del pasado verano. En la puerta una palabra escrita con letra infantil prevenía: «¡Precaución!», y despertó mi timidez. Al otro lado de la puerta podía oír la voz de Maude... su voz de recitadora, un canto desmayado que ciertos tipos en la escuela habían tratado cariñosamente de imitar. Cualquiera a quien se le hubiera dicho que Riley Henderson iba a acabar así, habría afirmado que la caída del sicomoro le había trastocado la chaveta. Miré por la ventana del cobertizo para ver qué hacía y descubrí que estaba absorto sacándole las tripas a un reloj y, a juzgar por la expresión de su rostro, no parecía estar escuchando nada más interesante que el zumbar de una mosca; se metió un dedo en el oído como si le picara. En el momento que decidí sorprenderlos llamando a la ventana, Riley dejó a un lado el reloj y, aproximándose a Maude por detrás, cerró el libro que ella estaba leyendo. Con una sonrisa tomó entre sus manos unos mechones de su cabello... y ella se alzó como un cachorrillo al que se levanta cogiéndolo por la piel del cuello. Me pareció que los envolvía una aureola cuyo brillo deslumbraba mis ojos. Podía adivinarse que no era la primera vez que se besaban.

No hacía siquiera una semana que yo, debido a su experiencia en aquellos asuntos, me había confiado a Riley confesándole mis sentimientos por Maude, y me lo pagaba así. Me hubiera gustado ser un gigante para poder coger aquel cobertizo entre mis manos y reducirlo a escombros; llamar a la puerta y enfrentarme con ambos. Pero ¿de qué podía acusar a Maude? A pesar de que ella no paraba de hablar mal de él, siempre supe que en el fondo de su corazón se interesaba por Riley. No era como si hubiese habido un acuerdo entre nosotros dos, ella y yo. Todo lo más que habíamos llegado a ser fue buenos amigos y, en los últimos años, ni siquiera eso. Cuando regresé, al cruzar el patio, las gallinas me siguieron cacareando burlonamente.

Elizabeth comentó:

—No te has quedado mucho tiempo. ¿O es que no estaban allí?

Le dije que no me había parecido correcto interrumpirles.

—Los dos estaban muy ocupados en sus delicados asuntos.

172

El sarcasmo no estaba hecho para Elizabeth. Pese a la sutileza que prometía su apariencia espiritual, era una persona sin imaginación.

–Es maravilloso, ¿no?

–Maravilloso.

–Collin, por el amor de Dios, ¿por qué gimes de ese modo?

–No es nada. Es que estoy muy resfriado.

–Bueno, espero que no te impida venir a la fiesta. Pero tienes que ir disfrazado. Riley irá de diablo.

–Muy apropiado.

–Nos gustaría que vinieras con el traje de esqueleto. Ya sé que sólo queda un día...

No tenía intención de ir a la fiesta. Tan pronto llegué a casa me senté y me puse a escribirle una carta a Riley. «Querido Riley...» «Querido Henderson...» Borré el querido: simplemente Henderson bastaría. «Henderson, tu traición no ha pasado inadvertida.» Llené varias páginas relatando los orígenes de nuestra amistad, su honrosa historia; gradualmente me invadió el sentimiento de que en todo aquello tenía que haber un error: un amigo tan excelente no me hubiera engañado. Hasta que al final, no sé cómo, me puse a explicarle de un modo delirante que era mi mejor amigo, mi hermano. Así que arrojé todo lo que había escrito al fuego y, cinco minutos más tarde, estaba en la habitación de Dolly inquiriendo cuáles eran las posibilidades de que pudieran hacerme un traje de esqueleto para la noche siguiente.

Dolly no era una buena modista, ni mucho menos, y tenía dificultades incluso para hacer un zurcido. Lo mismo podría decirse de Catherine; sin embargo, ésta siempre se jactaba de su capacidad profesional en todos los campos, en especial aquellos en que en realidad era menos competente. Me mandó a la tienda de Verena a buscar seis metros de un satén negro elegido por ella.

–Con seis metros sobrarán algunos retales: Dolly y yo podremos hacernos unas enaguas.

Seguidamente hizo una exhibición de sastrería, tomándome las medidas a lo largo y lo ancho, que parecía lo adecuado, salvo que no tenía la menor idea de cómo aplicar toda aquella información a la tela y las tijeras.

–Este trozo pequeño –dijo cortando casi un metro de tela– servirá para hacer unas bragas muy bonitas para alguien. Y éste... –zis, zas–... Un cuello de satén negro le iría muy bien a mi viejo vestido estampado.

Con la poca tela que dejaron para mi disfraz no podrían haberse cubierto las vergüenzas de un enano.

–Catherine, querida, no debemos pensar en nuestras necesidades –le advirtió Dolly.

Trabajaron sin descanso durante toda la tarde. Durante su visita cotidiana el juez se vio forzado a enhebrar las agujas, un trabajo que le repugnaba a Catherine.

–Me pone la carne de gallina, igual que clavar gusanos en los anzuelos.

A la hora de la cena dijo que había llegado el

momento de descansar y se fue a su casa por entre las plantas de habichuelas.

Dolly, por su parte, estaba poseída por el deseo de acabar y por las ganas de hablar. Su aguja entraba y salía en el satén y, al igual que las costuras que hacía, sus palabras se unían en una línea quebrada.

—¿Crees que Verena me dejará dar una fiesta? —me preguntó—. Ahora tenemos muchos amigos. Riley, Charlie... Podríamos invitar a la señora County, a Maude y a Elizabeth. En primavera. Una fiesta en el jardín... con unos pequeños fuegos artificiales. Mi padre tenía muy buena mano para la costura. Es una pena que yo no haya heredado de él esa disposición. En tiempos pasados muchos hombres sabían coser; había un amigo de papá que no sé cuántos premios ganó haciendo edredones de retales. Papá decía que la costura le relajaba después del duro trabajo en el campo. Collin, ¿quieres prometerme una cosa? Yo era contraria a que vinieras a vivir aquí, pues nunca creí que fuese adecuado educar a un niño en una casa llena de mujeres. Mujeres viejas y con tantos prejuicios. Pero se hizo así y, de un modo u otro, eso ya no me preocupa; tú llegarás a donde te propongas, te abrirás camino. Lo que quiero que me prometas es lo siguiente: no te portes nunca mal con Catherine y trata de no alejarte demasiado de ella. Muchas noches me las paso despierta por completo, pensando en lo que será de ella. Bueno, aquí está... —me mostró mi traje—, veamos cómo te va.

Me apretaba en la entrepierna y por detrás me

pendía una especie de bolsa; las perneras eran anchas como las de un pantalón de marinero; una manga apenas llegaba a la muñeca y la otra me cubría hasta la punta de los dedos. La propia Dolly admitió que no era muy elegante.

–Pero cuando le hayamos pintado los huesos... –añadió–. Purpurina de plata. Hace algún tiempo Verena compró un poco para pintar un asta de bandera... antes de enfrentarse al gobierno. Tiene que haber un bote en la buhardilla, una lata pequeña. Mira debajo de la cama a ver si das con mis zapatillas.

Tenía prohibido levantarse de la cama y ni siquiera Catherine se lo hubiera permitido.

–No me gustaría que te riñeran por mi culpa –dijo, y buscó las zapatillas ella misma.

El reloj de los tribunales acababa de dar las once, lo que quería decir que eran las diez y media, una hora oscura en un pueblo en el que todas las puertas respetables se cierran a las nueve; parecía aún más tarde porque en su habitación Verena había cerrado las persianas y se había metido en la cama. Cogimos una lámpara de petróleo del cuartito de la ropa de casa y a su luz mortecina subimos la escalera de mano que llevaba a la buhardilla. Hacía mucho frío allí. Colocamos la lámpara sobre un barril y nos acurrucamos junto a él como si fuera un hogar. Polvorientas cabezas rellenas de serrín, que antaño ayudaron a vender sombreros de San Luis, parecieron observarnos mientras buscábamos. Dondequiera que poníamos las manos causábamos un breve rumor de frágiles pies. Tiramos una caja llena de bolas de alcanfor contra la polilla, que rodaron por el suelo.

—¡Dios mío, Dios mío! —exclamó Dolly entre dientes—. Si Verena lo oye, es capaz de llamar al sheriff.

Desenterramos gran número de brochas; la pintura, que descubrimos bajo un montón de guirnaldas secas, resultó no ser de plata, sino de oro.

—Naturalmente, es mejor así, ¿no te parece? Oro, como el rescate de un rey. Además, fíjate en lo que he encontrado. —Se trataba de una caja de zapatos atada con una cuerda—. Mis tesoros —añadió abriendo la caja a la luz de la lámpara.

Me mostró a la luz un panal vacío, un nido de avispones y una naranja tachonada de clavos de especia a la que el tiempo le había robado el aroma. Me enseñó, también, un perfecto huevo azul de arrendajo envuelto en algodón.

—Yo era demasiado escrupulosa, así que Catherine robó el huevo para mí. Fue su regalo de Navidad. —Sonrió, y su rostro me pareció una mariposilla suspendida junto a la lámpara, tan delicado, tan vulnerable—. Charlie dijo que el amor es una cadena de amor. Confío en que lo oíste y lo entendiste. Si se ama a una cosa —sostuvo en alto el huevo azul, con la misma gracia que el juez alzó la hoja—, se puede amar a otra y eso supone una posesión, algo con lo que es posible vivir. Se puede perdonar todo. Bien —suspiró—, vamos a acabar de pintarte. Quiero sorprender a Catherine; le diremos que mientras dormía los duendecillos terminaron tu traje. Se llevará una sorpresa.

De nuevo el reloj de los tribunales hizo flotar su mensaje, cada campanada como una bandera agitándose sobre el pueblo helado y dormido.

–Ya sé que te hago cosquillas –dijo mientras pintaba una hilera de costillas sobre mi pecho–, pero quedará hecho una porquería si no te estás quieto.

Metía la brocha en la pintura y después la pasaba por las mangas y las perneras, dibujando los huesos de los brazos y las piernas.

–Deberás recordar todas las felicitaciones, que serán muchas –dijo observando con jactancia su trabajo–. ¡Oh, querido, querido...! –Su risa alegre y divertida resonó contra las vigas del techo–. ¡No te has dado cuenta...!

Sus risas estaban justificadas, pues yo no era muy distinto del hombre que se pintó a sí mismo en una esquina. La pintura dorada aún fresca me había aprisionado dentro de mi traje, ya que resultaba imposible quitármelo sin estropear la pintura. Tenía que seguir con él puesto hasta que se secara.

Una broma pesada por la que la amenacé con el dedo extendido.

–Tienes que ponerte a dar vueltas –se burló–; si lo haces muy deprisa, te secarás antes.

Maravillada, feliz, extendió los brazos y empezó a girar en círculos lentos y desgarbados en torno a las sombras del suelo de la buhardilla; su sencillo kimono ondeó y sus delgados pies vacilaron en sus zapatillas. De repente fue como si hubiera chocado con otro bailarín: se desplomó con una mano en la frente y la otra en el corazón.

A lo lejos, en el horizonte del sonido, silbó un tren, y aquel sonido me despertó a la perplejidad que asomaba a sus ojos, a las contracciones que agitaban su rostro. La estreché entre mis brazos, sin importarme que la pintura manchara su kimono, y grité llamando a Verena:

—¡Que alguien venga a ayudarme!

—¡Cállate, cállate! —susurró Dolly.

Por la noche, las casas anuncian las catástrofes con un repentino y lastimoso resplandor. Catherine fue de habitación en habitación, encendiendo luces que no se usaban desde hacía años. Tiritando en mi deslucido disfraz, me senté en la luminosidad del recibidor compartiendo un banco con el juez, que había venido corriendo así que se puso un impermeable sobre su camisón de dormir de franela. Cada vez que se acercaba Verena, el juez apretaba sus piernas desnudas como si fuera una tímida jovencita. Los vecinos, alarmados por nuestras ventanas inusitadamente iluminadas, acudieron para preguntar con delicadeza qué sucedía. Verena habló con ellos en el porche: su hermana, la señorita Dolly, había sufrido un ataque de apoplejía. El doctor Carter consideró conveniente que nadie entrara en su habitación, y todos aceptamos su decisión, incluso Catherine, que, tras apagar las últimas luces, se quedó de pie con la cabeza apoyada en la puerta de Dolly.

En el recibidor había un perchero con muchos colgadores y un espejo. Allí estaba el sombrero de terciopelo de Dolly. A la salida del sol, cuando las brisas matutinas recorrieron la casa, el espejo reflejó el velo tembloroso.

Entonces supe, con una seguridad como nunca había sentido, que Dolly acababa de dejarnos. Unos momentos antes había salido sin ser vista y, en mi imaginación, la seguí. Había cruzado la plaza, luego dejó atrás la iglesia, ahora llegaba a la colina. La hierba de la pradera brillaba a sus pies. Era todo lo lejos que quería ir.

Hice ese mismo viaje con el juez Cool el septiembre siguiente. Durante los meses transcurridos nos habíamos visto poco. Una vez tropecé con él en la plaza y me dijo que fuera a verle siempre que quisiera. Tenía intención de visitarle y, sin embargo, cada vez que pasaba por delante de la casa de huéspedes de la señorita Bell volvía la vista a otro lado.

He leído que el pasado y el futuro son una espiral cada una de cuyas vueltas contiene a la próxima y predice su forma. Quizá sea así, pero mi propia vida me ha parecido más bien una serie de círculos cerrados, de anillos que no se desarrollan con la libertad de una espiral. Para mí, pasar de uno a otro de esos círculos significa un salto, no un deslizamiento suave. Lo que me debilitaba era el intervalo entre ellos, la espera mientras no sabía hacia dónde debía saltar. Tras la muerte de Dolly estuve como suspen-

dido, sin saber adónde saltar, durante mucho tiempo.
Mi única ambición era divertirme.

Pasaba el tiempo haraganeando en el Café de
Phil, jugándome cervezas al billar romano; era ilegal
servirme cerveza, por mi edad, pero Phil tenía en la
cabeza la idea de que yo un día heredaría el dinero
de Verena y tal vez me decidiría a invertirlo en el
negocio hotelero. Me untaba el pelo con brillantina
y me iba a ligar a los bailes de las localidades próxi-
mas; hacía señas con mi linterna y tiraba piedrecitas
a las ventanas de las chicas hasta bien entrada la
noche. Conocí a un negro en el campo que vendía
ginebra de la marca Diablo Amarillo. Me pegaba a
todo el que tuviese un automóvil.

Porque no quería pasar ni un solo momento despierto en la casa de Talbo Lane. Su ambiente era
demasiado denso, su aire inmóvil me oprimía. Una
mujer extraña pasó a ocuparse de la cocina: una
chica de color, un poco zamba, que se pasaba el día
cantando las canciones moduladas de un niño que
tratara de darse ánimos en un lugar tétrico. Era una
pésima cocinera y dejó morir el geranio de la cocina. Yo aprobé que Verena la contratara porque pensé que eso haría que Catherine volviera al trabajo.

Pero me equivoqué. Por el contrario, Catherine
no mostró el menor interés en enseñar a la nueva
sirvienta. Se retiró a su casa del jardín. Se llevó
consigo la radio y se encontraba cómoda y a gusto.

—He dejado mi carga y se quedará en el suelo. Lo
único que quiero es mi comodidad —dijo.

La comodidad y el bienestar le hicieron engordar; se le hincharon los pies y tuvo que hacerse cortes en los zapatos. Adoptó de manera corregida y aumentada los hábitos de Dolly y, por ejemplo, desarrolló un extraordinario apetito por los dulces y las golosinas. Se hacía traer la cena de la droguería: un cuarto de kilo de helado. Los envoltorios de los caramelos se acumulaban en su regazo. Mientras no engordó demasiado lograba meterse en los vestidos de Dolly; en cierto modo, a su manera, era como si conservara con ella a su amiga.

Nuestros encuentros, cuando iba a verla, se convirtieron en malos ratos y la visitaba a disgusto, dolido de que dependiese de mí como única compañía. Pronto dejé pasar un día sin ir a verla, después tres, y finalmente una semana. Cuando volvía después de una de esas ausencias, me imaginaba que el silencio que nos rodeaba, sus maneras indiferentes, significaban un reproche; estaba demasiado afectado por las quejas de mi conciencia para darme cuenta de la verdad: le importaba muy poco que fuese a verla o no. Una tarde me lo hizo ver, y de una manera muy simple: quitándose el algodón con el que rellenaba sus carrillos. Sin algodón, su charla resultaba tan ininteligible para mí como de ordinario lo era para los demás. Lo hizo mientras yo le estaba dando una excusa para abreviar mi visita. Abrió la puertecilla de su estufa, escupió el algodón en el fuego y sus mejillas se hundieron hasta tal punto que pareció una mujer depauperada y a punto de morir de hambre. Ahora pienso que no se trató de un gesto vengativo, sino que con él trataba de hacer-

182

me saber que yo no estaba obligado a nada: no deseaba compartir con nadie el futuro.

De vez en cuando Riley me llevaba a dar un paseo en coche, pero no podía contar demasiado con él ni con su coche desde que se había convertido en hombre de negocios. Tenía un equipo de excavadoras explanando un terreno de nueve acres que había comprado en las afueras del pueblo y en el que planeaba construir buen número de casas. Varias personas importantes de la localidad habían quedado impresionadas por otro de sus planes: se le había ocurrido que nuestro pueblo debía poner en servicio una hilandería de seda en la cual cada uno de los ciudadanos sería accionista; dejando a un lado la posibilidad de obtener beneficios directos, el tener una industria local aumentaría la población. El periódico local publicó un editorial entusiástico sobre esta propuesta y en él se llegaba a decir que nuestro pueblo debía estar orgulloso de ser cuna de un hombre tan emprendedor como el joven Henderson. Se dejó crecer el bigote; alquiló una oficina y Elizabeth pasó a ser su secretaria. Maude Riordan estudiaba en la universidad del estado y casi cada fin de semana Riley iba a verla con sus hermanas; se suponía que la razón de aquellas visitas era que las dos jóvenes añoraban terriblemente a su amiga. El compromiso matrimonial de la señorita Maude Riordan con el señor Riley Henderson se anunció en el *Courier* el primero de abril, Día de los Inocentes.[1]

1. En los países anglosajones. *(N. del T.)*

Se casaron a mediados de junio, en una ceremonia por todo lo alto. Yo fui testigo y el juez apadrinó a Riley. Con la excepción de las hermanas Henderson, las damas de honor eran muchachas de la buena sociedad, que Maude había conocido en la universidad. El *Courier* las llamó bellas debutantes, una caballeresca descripción. La novia llevaba un ramo de jazmines y lilas; el novio calzaba botines y se alisaba sin cesar el bigote. Recibieron toda una mesa llena de suntuosos regalos. El mío consistió en seis pastillas de jabón de olor y un cenicero.

Después de la boda regresé a pie a casa, con Verena, bajo la sombra de su sombrilla negra. Era un día abrasador y las olas de calor vibraban como las ceremoniales campanas de la iglesia bautista. Ante mí se extendía el resto del verano, en una visión tan inmutable como aquella calle al mediodía. Verano, otro otoño, de nuevo otro invierno; no era una espiral, sino un círculo reducido, limitado, como la sombra de la sombrilla. Si había un momento adecuado para dar un salto, era éste... Con un vuelco del corazón, lo di.

—Verena, quiero marcharme.

Habíamos llegado a la puerta del jardín.

—Lo sé. Yo también —dijo cerrando la sombrilla—. Había esperado hacer un viaje con Dolly, quería enseñarle el océano.

Verena había parecido una mujer alta a causa de su porte autoritario; ahora vacilaba ligeramente e inclinaba la cabeza. Me sorprendía recordar que hubo un tiempo en que sentí temor de ella, pues ahora se iba volviendo cada vez más femenina, asustadiza, siempre hablando de su temor a los merodeadores; reforzó las puertas de la casa con cerrojos y colocó pararrayos en el tejado. Había sido su costumbre ir cada primero de mes a cobrar personalmente los alquileres atrasados, y cuando dejó de hacerlo se extendió por nuestro pueblo un sentimiento de incomodidad, pues la gente parecía encontrar a faltar sus enfrentamientos con ella. Las mujeres decían: Verena no tiene familia, está perdida sin su hermana; sus maridos le echaban las culpas al doctor Morris Ritz, que la había despojado de su sentido común, decían, y por grande que fuera su enemistad con Verena, siempre se ponían contra él.

Hace tres años, cuando regresé a la ciudad, mi primera tarea consistió en ordenar los documentos de la familia Talbo. Entre las posesiones particulares de Verena, entre sus llaves y las fotografías de Maudie Laura Murphy, encontré una postal. Estaba fechada dos meses después de la muerte de Dolly, en Navidad, y procedía de Paraguay: «Como decimos por aquí, Feliz Navidad. ¿Me echas de menos? Morris.»

Mientras la leía, pensé en la expresión que habían ido adquiriendo los ojos de Verena, hasta hacerse permanente: una mirada vaga, atormentada, que parecía dirigirse más hacia dentro que hacia fuera. Y recordé, también, cómo se animaron con una esperanza momentánea, húmedos bajo el brillo metálico del sol, el día de la boda de Riley.

—Podríamos hacer un largo viaje —me dijo—. He considerado la posibilidad de vender... algunas propiedades. Podríamos ir en barco. Tú tampoco has visto nunca el océano.

Tomé una ramita de la madreselva que florecía en el seto del jardín y ella me observó disgustada, como si creyera que la estaba apartando de su visión del viaje que había previsto para nosotros.

—¡Oh! —se frotó suavemente el lunar que manchaba su mejilla como una lágrima—, ¡está bien! —Recuperó su voz práctica—. ¿Cuáles son tus ambiciones?

De todos modos, hasta septiembre no fui a visitar al juez, y fue para decirle adiós. Ya tenía hechas las maletas. Amos Legrand me cortó el cabello («Cariño, no vayas a regresar con la cabeza calva. Lo que quiero decirte es que por esos mundos de Dios tratarán de tomarte el pelo, de engañarte siempre que les sea posible»). Me compré un traje nuevo y zapatos nuevos, y un sombrero gris de fieltro («¡Qué elegante va usted, señor Collin Fenwick!», comentó la señora County. «Va a ser abogado, ¿verdad? Y ya se viste como si lo fuera. No, chiquillo, no quiero darte un beso, me molestaría mucho manchar tanta elegancia con la suciedad de mi panadería. Escríbenos, ¿me oyes?»).

Aquella misma tarde el tren me llevaría traqueteando hacia el norte, me pasearía por el país en un desfile triunfal hasta dejarme en una ciudad en la que se agitarían banderitas en mi honor.

En la pensión de la señorita Bell me dijeron que el juez había salido. Le encontré en la plaza y sentí una punzada de dolor en el corazón al ver aquella figura robusta y pulcra, con una rosa blanca abriéndose en el ojal de su solapa, en medio de aquellos otros ancianos que hablaban, escupían y esperaban. Me tomó del brazo y me condujo lejos de ellos; y mientras me daba amables consejos basados en la experiencia propia de sus días de estudiante de leyes, caminamos, hasta que dejamos atrás la iglesia, por la carretera que conducía al bosque de River. ¡Aquella carretera, aquel árbol! Cerré los ojos para fijar en mí la imagen, porque creía que no volvería nunca; no podía prever que viajaría por aquella carretera y soñaría con aquel árbol hasta que la añoranza me hiciera regresar.

Fue como si ninguno de los dos supiera adónde nos dirigíamos. Con plácida sorpresa contemplamos la vista que se ofrecía desde la colina del cementerio; luego, cogidos del brazo, descendimos hasta la pradera, quemada por el verano y bruñida por septiembre. Una catarata de color se deslizaba por entre las hojas secas y cantarinas. Y entonces quise compartir con el juez lo que Dolly me había dicho: que la pradera era un arpa de hierba, que recopilaba y contaba; un arpa de voces que recordaban una historia. Escuchamos.

COLECCIÓN COMPACTOS